欢笑一生

的 妙语故事

胡罡 主编

黄河出版传媒集团
阳光出版社

图书在版编目（CIP）数据

欢笑一生的妙语故事 / 胡罡主编 .—— 银川：阳光
出版社，2016.6（2022.05重印）
（校园故事会）
ISBN 978-7-5525-2661-5

Ⅰ.①欢… Ⅱ.①胡… Ⅲ.①故事－作品集－中国
Ⅳ.① I247.8

中国版本图书馆 CIP 数据核字 (2016) 第 143391 号

校园故事会　欢笑一生的妙语故事　　　　　　　胡罡　主编

责任编辑　徐文佳
封面设计　华文书海
责任印制　岳建宁

黄河出版传媒集团
阳光出版社　出版发行

地　　址　宁夏银川市北京东路139号出版大厦 （750001）
网　　址　http：//www.ygchbs.com
网上书店　http：//shop129132959.taobao.com
电子信箱　yangguangchubanshe@163.com
邮购电话　0951-5047283
经　　销　全国新华书店
印刷装订　天津兴湘印务有限公司
印刷委托书号　（宁）0020136

开　　本　710 mm×1000 mm　1/16
印　　张　7.5
字　　数　90千字
版　　次　2016年9月第1版
印　　次　2022年5月第2次印刷
书　　号　ISBN 978-7-5525-2661-5
定　　价　30.00元

前　言

　　我们在故事的摇篮里长大，故事就像一个最最忠实的好朋友，时时刻刻陪伴在我们身边。它把勇敢和智慧传递给我们，也把快乐、爱与美注入我们的心田。

　　《校园故事会》系列所选用的故事内容丰富、主人公形象生动活泼，而其寓意也非常深刻，会让你在愉快的阅读中了解到什么是美，什么是丑，什么是善，什么是恶，什么是直，什么是曲。我们相信，这些故事一定会使广大学生受益匪浅。真诚地希望本系列丛书能成为家长教育孩子的好助手，学生成长的好伙伴！

　　本系列丛书内容包括亲情、哲理、处世、智慧等故事，会使你在阅读中收获真知与感动，在品味中得到启迪与智慧。可以说，它们是父母送给孩子的心灵鸡汤，自己送给自己的最好礼物，同学送给同学的智慧锦囊，老师送给学生的精神读本。

　　总而言之，这是一套值得您精读，值得您收藏，更值得您向他人推荐的好书。因为课本上的道理是一条条教给您的，而这套书中的"故事"所蕴含的大道理、大智慧是要您自己揣摩的。

　　本系列图书在编写过程中不免会有瑕疵，望广大读者批评指正，我们会虚心改正。

编　者

目　录

闯王纳贤作对联

李自成是明朝末年的农民起义军领袖,人称李闯王。闯王出身贫苦,没读过什么书。带兵打仗后,他就拜文官为师,苦学文化,后来不仅能读兵书,还能咏诗作对呢。

明朝有一位猛将,名叫陈永福,他有勇有谋,是驻守开封的副将。李闯王很看重他,想劝他投降当起义军的大将。陈永福不听,反而在闯王带兵围攻开封时,一箭射在闯王的左眼边。起义军将士对陈永福恨之入骨,攻下开封后,活捉了陈永福。当时,起义军将领拔刀要将他剁成肉酱,但被闯王拦住了。闯王当着众人的面说:"只要陈将军真心降我,我决不记仇。"说罢,从箭筒里抽出一支利箭,折成两段,颇为动情地说:"将军不信,我折箭为誓!"

陈永福一见,忙跪下说:"大王如此待我,我愿归顺大王,为大王尽犬马之劳。"

闯王大喜,就任命陈永福为大将军,让他掌握兵权。后来,闯王的几个部下对这事转不过弯子来,但又不敢对闯王直说,几个人凑在一起,作了副嘲讽对联:

> 陈永福,射伤闯王反当大将,真叫有福;
> 李闯王,收留永福必成猛虎,确属贤王。

欢笑一生的妙语故事

过了几天,这副对联传到闯王耳朵里去了。闯王反复吟诵,觉得很有趣味,也感觉到了这副对联的背后隐藏着几位老部下的不满。他思索了一会儿,将几个作对联的将领召来,笑嘻嘻地说:"各位能武能文,我很高兴。你们作的那副对联不错,我也作了一副,念给各位听听,如何?"说罢,一字一句念起来:

> 陈永福,出箭伤我事主忠,赤子应得福;
> 李自成,纳贤用他添虎威,大业该早成。

众将领听了,无不佩服,都说闯王心胸开阔,胜似大海。

　　一个人的心胸有多大,他做的事业就有多大。

防盗联

　　王羲之是东晋著名书法家,曾从山东到南方会稽山阴当地方官。这一年,他买了座房子。搬家那天,正巧是大年夜,他雅兴大发,当晚便大摆宴席。席间,他铺开大红纸,书写了一副春联:

春风春雨春色

新年新岁新景

　　写完,叫儿子贴在门上。谁知刚贴出不久,便被人偷偷揭走了。因为它是大书法家,谁不想得到他的字呀。他没办法,只好再写一副:

莺啼北里

燕语南邻

　　写完之后,又叫儿子再贴出去。但刚转身,又被酷爱他手迹的人盗去了。眼看年关已近,门上仍无对联,王羲之想:如果我再写一副贴出去,恐怕也是保不了多天。大年初一门上没新门联,这是不吉利的。怎么办呢?他略一沉思,想出了一个办法。

　　他又写了副对联,叫儿子先剪去一半,再贴出去。这对联的上半截是:

福无双至

祸不单行

这天夜晚,几个爱好他书法的人又来偷对联了。他们一看这几个不祥的字眼,便垂头丧气地走了。到了年初一早晨,王羲之才亲手将下半截春联贴在原对联的下面,这时,就成了:

福无双至今朝至

祸不单行昨夜行

事后,人们喜称这是副防盗联。

善于运用技巧,即能化腐朽为神奇,达到意想不到的结果。

自改对联

　　我国北宋时期四川有位大文学家,名叫苏洵,他有个儿子叫苏轼。苏轼成年后自号东坡居士,人称苏东坡。这苏东坡也是历史上有名的文学家。苏东坡在少年时候受父母教育,博览群书,知识丰富,常常受到诗朋词友的称赞,他不觉有些飘飘然起来。

5

　　有一天,年少气盛的苏东坡写了一副对联贴在自己的书房门口。这副对联是:

识遍天下字,

读尽人间书。

　　父亲苏洵到儿子的书房检查他的学业,抬头看见对联,不禁连连摇头。他见儿子如此骄傲,便想教育他一番,于是,他找来几本古书说:"轼儿,你细细读读。"说罢,丢下书走了。

　　苏东坡将这几本书看了一本又一本,书上的辞竟有很多不认得、不理解,他心中十分惭愧。于是,他赶紧提笔将门上联语各加了两个字,变为:

发愤识遍天下字,

立志读尽人间书。

　　从此以后,苏东坡虚心学习,日夜攻读,终于以他的勤奋努力,成为唐宋八大家之一。

　　一个虚心勤奋,肯于钻研的人,一定会在人生的道路上步步走高,拥有很好的前程。

玉手摇摇

苏东坡因对时政不满,被贬到黄州做团练副使。在那儿,他常以讲学来排遣心头郁闷。为此,慕名而来的求学者络绎不绝。

有个朝廷大官,外出巡视路经黄州。他嫉妒苏东坡的才学,想方设法要把他的名声压下去。他特地在黄州多停留了几天。一天,他对几个向苏东坡求学的人说:"我出副对子让你们对。"说着,他指指外面的宝塔说:"宝塔尖尖,七层四面八方。"

那些学生一时答不出,只得都摇摇手,表示无以相对。

大官幸灾乐祸地说:"苏学士,你这些学生怎么答不上来呀!"

苏东坡笑道:"这样简单的试题,如何能考住他们? 他们是用手势来作答呢,就是:玉手摇摇,五指三长两短啊!"

学生们听了,一个个舒了口气。这朝廷大官领教了苏东坡的才学,再也不敢自我卖弄了,当天便收拾行装离开了黄州。

　　一个喜欢到处卖弄自己的人是浅陋的,在智者面前只会自取其辱。

欧阳修妙对下联

　　欧阳修是我国北宋时期的文学家、史学家。他一生写过不少诗文，编过不少书，还写过不少对联流传于民间。

　　传说欧阳修年轻时，因家境贫寒，为谋生而四处奔波。

　　一天，暮色苍茫，欧阳修匆匆来到一座城下，见城门已关，只有一个士兵守着。欧阳修拱手施礼道："烦请老总开门，放学生进城。"

　　守兵问道："你是何人？为何此时进城？"

　　欧阳修答道："读书人，因家境贫困，远道而来，进城谋生。"

　　守兵一听是穷书生，顿起怜悯之心，想放他进城。但一看眼前是位读书人，心想：何不跟他斗斗文才呢？便随口吟出上联，要欧阳修对出下联。这上联是："开关早，关关迟，放来客过关。"

　　欧阳修随口答道："出对易，对对难，请老总先对。"

　　守兵有些生气地说："我是要你来对下联呀！"

　　欧阳修笑道："学生已对过了。"

　　守兵一想，这才恍然大悟，原来他刚才说的就是下联。就立即打开城门，放欧阳修进城。

　　进城后，天已大黑。欧阳修肚子饿了，便来到一座茶馆，买块烧饼，就着凉水吃了起来。他一抬头，看见墙上有半副对联："八角楼，楼八角,一角点灯诸角亮。"

好一条上联呀!欧阳修十分赞赏,经打听,才知道是一位书生半年前写下的,可惜至今无人能对出下联。欧阳修一时也对不上来。

第二天,欧阳修继续赶路。他来到花溪河边,跨上伍眼桥,俯瞰桥下,只见碧清的泉水从五孔流出。

欧阳修一见如获至宝,急忙返回茶馆,在墙上写出下联:"伍眼桥,桥五眼,一眼流水伍子溪。"

众茶客齐声赞叹:"好对子!"

其中一位老先生边品茶边自语道:"好就好在此上联先讲出楼名;继而讲出特点:每角一盏灯,点燃一盏,其他灯也会亮。末一句讲出奇观,同时嵌进三国时蜀国大臣诸葛亮的大号('角'是'葛'的谐音)。这位欧阳修先生见景生情,用'伍眼桥'对'八角楼'。据说那条花溪河上的伍眼桥是鲁班所造,上游来水,只要一孔流水,其余四孔也都流水,堪称一大奇景。下联末句也包含战国时楚国大臣伍子胥的名字('溪'与'胥'也是谐音),谐音相对,楚大臣对蜀大臣,好对子!好对子!"

在众人一片赞扬声中,欧阳修又悄悄上路了。

才学和智慧是人一辈子值得骄傲的资本,在哪里都会得到别人的称赞。

老秀才作妙联

传说明太祖朱元璋登基后，曾到浙江微服察访。一天，他来到多宝寺进香。只见这儿香烟缭绕，鼓钹齐鸣，佛事鼎盛。朱元璋一见这情景，脱口吟道："寺名多宝，有许多多宝如来。"

旁边有一位正在烧香的老秀才听了，接口吟道："国号大明，更无大大明皇帝！"

他把皇帝比作如来降福于民。朱元璋听了，非常高兴。

游罢多宝寺，朱元璋饿了，便到小酒店吃饭。他见店里没什么东西可吃，又吟一联："小酒店三杯五盏没有东西。"老秀才一直跟着他，这时吟出下联："大明君一统万方不分南北。"

朱元璋见老秀才很有才学，就把他请进皇宫，叫他当太子太傅。皇太子不服管教，被秀才责打了一顿。朱元璋知道了，一气之下，把秀才关进牢里。

马皇后知道了这件事，劝道："家有家规，国有国法，师有师道。你把这些一齐丢了，岂不把大明天下也丢了吗？"

朱元璋听了马皇后这番话，知道自己错了，就把老秀才请回皇宫。老秀才见皇上知错改错，连忙书写一联，跪呈道："老臣谢恩！"朱元璋见纸上写的是："明王明不明贤后贤非贤"十个大字。朱元璋一看，非常生气，正要发作，老秀才念道："明王明不？明！贤后贤非？贤！"朱元璋听了，转怒为喜。从此君臣言归于好，老秀才又当他的太傅去了。

人生妙语

有贤明之君，才有圣智之臣，才有国之安定。

徐文长作奇联

　　徐文长在晚年时曾撰写过一副奇联,虽令人费解,但讲明之后,却令人赞叹!

　　一天,徐文长到一个学馆去讲学。许多年轻人聚在一座大客厅里,静听他的教诲。他勉励年轻人要珍惜大好时光,勤奋读书。这时学馆主人捧出笔墨,请徐文长为学馆写副对联。徐文长兴趣正浓,他挥笔写出上联:"好读书,不好读书。"大家看后,面面相觑,不知其意,待看下联。只见徐文长将笔蘸饱,将下联一气写出:"好读书,不好读书。"

12 　　在场的人看了,都不明白这副对联的含意,一个个默不作声,也不好意思追问徐文长。待徐文长走后,这些年轻人七嘴八舌反复吟读,也没读出个意味来。站在一旁一直沉思不语的学馆主人,终于悟出了这副对联的奥妙。他摆摆手,要大家安静下来,然后解释道:"此联是告诫年轻人要刻苦读书。乍看此联,上下一样,何以成对? 其实,认真思考,便知其妙。上联是说,一个人年少的时候,耳聪目明,精力充沛,时光大好,此时为'好(hǎo)读书'也;可惜有人不知读书的重要,只顾玩耍,不爱读书,这叫'不好(hào)读书'。下联是说,年老时方知读书重要,而'好(hào)读书',却因耳聋眼花力不从心,不能好好(hǎo hǎo)

读书！这个'好'字，一字两个读音，两重意思，交错相对，耐人寻味，这就是这副对联的奇妙所在！"

大家听了，无不拍手叫好！

不要为已消逝之年华叹息，须正视欲匆匆溜走的时光。

江陵神童答下联

　　明朝年间,荆州府出了个小神童,人称"江陵神童"。湖广巡抚顾应是个很爱才的人。他听说此事后,就特地到古城荆州去察访。

　　炎炎夏日,顾应带着一行人来到江陵县岑河口的东司庙。这庙前有棵大树,他们便在大树荫下休息。

　　庙里的和尚听说巡抚大人驾到,连忙从庙后西瓜田里摘了几个大西瓜,送给巡抚和他的随从们消暑解渴。

　　顾应手捧西瓜,不由触景生情,念出一副上联:"东司和尚送西瓜,些小礼物。"

14

　　正在这时,在庙旁教书的老先生前来参见巡抚。顾应想考考这位老先生,便把上联又念了一遍,要这位老先生对出下联来。

　　这位老先生才疏学浅,怎么也对不出下联来,只好连连告罪,回到庙后学馆去了。顾应也觉得十分扫兴,一边吃西瓜,一边思索着下联。

　　再说那位教书老先生回到学馆,满脸愁容。学生们问:"先生,你碰到了什么难事了?"老先生如实说:"庙门外巡抚大人出了句上联,要我对出下联,可我怎么也对不上来。"

　　这时,一位眉清目秀的小男孩问:"先生,他出的上联是什么?"

　　老先生说:"东司和尚送西瓜,些小礼物。"

小男孩一听，随口说："先生，你去告诉他，这下联是南极仙翁拜北斗，天大人情。"

　　老先生一听，拍手叫道："妙！妙！"说罢，连忙起身去见巡抚了。

　　原来，帮老先生答出下联的，就是巡抚要找的"江陵神童"。

　　智慧并不绝对来自于年龄、经验和知识，有时也存在于小小年龄的孩童心中。

作对联退敌兵

我国明代有个著名的文学家，名叫宗臣。宗臣被称为"中原才子"。

这一年，边境上有个叫俺答的外族将领带兵来犯，将军队驻扎到黄河边上。俺答向嘉靖皇帝提出：先比文，后比武，如果比文输了就退兵。

嘉靖皇帝派出"才子"宗臣去比试。宗臣到了黄河边，俺答已在黄河上搭起浮桥。俺答要求宗臣从桥北上桥，走到桥南就要答出来，在桥上走时还不许停留。这条件多么苛刻！黄河巨浪起伏，浮桥摇晃难走，又不知俺答出什么试题，大家都为宗臣担心。

宗臣沉着地走到北桥头拿了试题。题目是：作一副对联，不超过20个字，要包括中国古代的100个文武名人。这题目真叫人摸不着头脑！

宗臣不慌不忙地走上浮桥，一步跟着一步，到了桥南立即提笔写道："孔门七二贤，贤贤入圣；云台廿八将，将将封侯。"上联是说孔夫子的弟子七十二贤，都是古代有名的文人；下联的"云台廿八将"是指东汉武帝手下的28员虎将，汉武帝曾派人给这28名虎将画了像，挂在南宫云台，所以叫"云台二十八将"。这副对联只用了18个字，就写出

16

古代文武名人 100 个。俺答一看,赞道:"'中原才子'真是名不虚传!"当即下令退兵。

就这样,宗臣凭自己的才智使俺答退了兵。

　　一个人的智慧有无穷的力量,起着横扫千军、不可抗拒的作用。

17

唐伯虎与理发师

欢笑一生的妙语故事

唐伯虎是我国明朝大画家、大书法家。关于他，有不少有趣的传说。

有一年，唐伯虎从苏州来到无锡东亭。住下后，他到东亭街一个浙江人开的理发铺去理发。

理发师听说是唐伯虎来理发，就请他为店堂题写一副对联。唐伯虎一口答应，接过纸笔，写出一联："发长发长发长长，长发长发长长发。"

理发师看后连声说好。唐伯虎追问一句："好在哪里？"

18

理发师笑着说："好就好在这个'长'字，有长有短的'长'，生长的'长'，也可解释为常常的'长'三个意思；这个'发'字，有头发的'发'和发财的'发'两个意思，这些都随读音不同而变成不同的意思。"

唐伯虎没想到这位理发师也有这么好的学问，有心与他结交，就说："我昨天到东亭，看到'东亭亭阁搁东亭'。"理发师笑着说："去年我去虎丘，只见那'虎丘丘石砧虎丘'。"唐伯虎听了，更加高兴地说："你们无锡是好地方，可惜无锡锡山山无锡。"理发师说："我的故乡是浙江平湖，听我父亲说，我们故乡的平湖湖水水平湖。"

他俩你一言我一句，对得十分投机，就这样唐伯虎和这位理发师成了好朋友。

　　一个人真正了不起的地方,是暗暗做了许多伟大的事情,但却并不因此出名。

写春联抒壮志

　　清朝嘉庆年间,湖南安化出了名才子叫陶澍。这人能言能诗,中过进士,曾当过两江总督,以才资出众而闻名。

　　陶澍13岁时,村子里新建了一座榨油坊。榨油坊开业前,店主请几位老秀才为油坊庆典题对联,但写得都不如意。这时,在人群中看热闹的陶澍走上来说:"我来题一联。"说罢,也不管大人们同意不同意,抓起笔来,在宣纸上写下一副对联:

　　　　榨响如雷,惊动满天星斗;

　　　　油光似月,照亮万里乾坤。

　　在场的人看了个个拍手叫好,人们纷纷向陶澍的父亲祝贺,说他有个了不起的儿子,将来必有大福。

　　陶澍的父亲是个庄稼人,以种田为生,听了人们的赞赏,却不以为然地说:"我哪有什么大福。我岁岁有红芋、苞谷吃,夜夜有蔸根火烤,我就心满意足啦。"

　　陶澍听了父亲这番话,没说什么,但每句话都记在心上。到了这年除夕,家家贴对联,陶澍为自家写了副对联贴在大门上:

　　　　红芋苞谷蔸根火,这种福老夫所享;

　　　　齐家治国平天下,那些事小子为之。

横批是：

人各有志

陶澍从小立志，勤奋好学，后来果然成了位有所作为的人。

人生妙语

只要坚持自己的理想，就能产生奋斗的勇气。

小童子随口应答

清朝年间，盛行科举制度。读书人先经过考试，录取后，才称为生员，也就是秀才。秀才经乡试录取后，才称举人。举人在京城经会试录取后，才成为贡士。贡士经殿试录取后称为进士。考中进士就可以授官职了。这样，就吸引许多人苦苦读书，一步一步走上仕途。

这一年，江宁县举行乡试，各地秀才纷纷赶来应考。来应考的人群中，有个9岁的小男孩，他聪明过人，早就成了小秀才，所以也有权参加考试。

考场上人声鼎沸，纷纷向监考官要入场证。这小童子个子矮，拿不到，只好骑在他父亲的肩膀上，伸手向监考官讨。

监考官年近古稀，人称老宗师。他见这小童子大声嚷嚷着向他伸手讨入场证，又见他骑在父亲肩上，便随口说："将父作马！"说罢，盯着小童子，看他怎么答。

小童子眼一眨："望子成龙！"

老宗师一听，赞道："好！有出息！"

这小童子领了入场证，不急于进考场，竟跑到路边采花儿玩去了。父亲大声喊他，吓得他把刚采的几朵野花藏在袖管里，匆匆进考场了。进得考场，老宗师端坐在大堂上，看着考生们一一走进，按号位坐下。

这时,老宗师一眼看到小童子进来了,袖管里还藏着几朵花。老宗师觉得有趣,便喊住他,捻着胡须,出了句上联:"小童子暗藏春色。"

小童子不假思索,随口应道:"老宗师明察秋毫!"

老宗师听了,连说两声:"小神童,有出息,有出息!"

人生妙语

灰发乃年龄之标志,而非智慧之标记。

欢笑一生的妙语故事

七龄童出对子

欢笑一生的妙语故事

清朝时,有个文学家,名叫李调元。这人知识渊博,又极聪明,但他也有被难住的时候。

李调元在广东任职时,就曾被难倒过一次。说来令人难以相信,难倒他的,不是能言善辩的学者,而是一个7岁小男孩。

一天,李调元乘轿回家路过一座石桥。这桥名叫磊桥,之所以称磊桥,是取三石搭成之意。这时,正巧有个小孩在桥上砌石块玩耍。轿子走得快,那个孩童刚一闪开,轿夫便将他用三块小石头搭成的小桥踏倒了。这小孩不依,拉着轿夫要赔偿。

轿夫吆喝:"放手!轿内坐的是学政李大人。"小孩一听,不但不放手,反而大声说:"听说李大人很会对对子,今天我就要和他对对子。如对上了,就放他过去;如果对不上,就得还我桥来。"

李调元一听,忙从轿内探出身来,见小孩天真活泼,十分可爱,便温和地说:"你且出上联,我来对!"

小孩说:"就以刚才的事情为联——踏倒磊桥三块石。"

李调元开始还认为不过是随口俚语,毫不在意。不料,他一想再想,总是对不上来。他对小孩说:"我一时想不上来,待我回去想想,明早在桥上答你。"

24

　　李调元回到家中，怎么也对不出下联来，因而饭也吃不下，只在房里走来走去地思考着。

　　他夫人在一旁剪纸花，见丈夫心神不定，便问他遇到了什么事情。李调元就把在桥上遇见的事情告诉了她。夫人说："这有什么难对的！'剪开出字两重山'不就行了吗？"

　　李调元听她这一说，心中高兴万分，连声称妙。

　　第二天一早，李调元过桥时，那小孩已经等候在那里了。李调元对小男孩说："我已对上：'剪开出字两重山'如何？"

　　小孩拍手笑道："好是好，只不过这不是你对的，不是你对的！"李调元听了，吃了一惊，忙问："你怎么知道不是我对的？"

　　小孩说："你李大人从不用剪刀，哪会想到剪东西的事？我看呀，是你夫人教你的！"

　　李调元一听，不由暗暗赞叹这 7 岁小孩的聪明！

　　　　聪明不在年龄上，智慧藏在脑子中。

25

老渔翁出对子

　　江苏南通有个人，名叫张謇，他生于 1853 年，1926 年去世。他是我国近代实业救国的代表人物，同时也是个精通史书的大学者。

　　据说，张謇年轻时有个习惯，每天早晨要到街市上散步。一天，他来到鱼市场，看到一位卖鱼老人用绳子系着几条鱼提在手上。张謇走近一看，卖鱼老人手上只提了三条鱼，但品种各不相同：一条泥鳅，一条黄鳝，一条鲇鱼。这三种鱼都没有鱼鳞，张謇感到奇异，不由得多看几眼，并用手指着那串鱼问老人："此鱼卖否？"

　　卖鱼老人抬头对张謇打量了一下，见他一身书生打扮，就答道："此鱼不卖。我出一对子，相公如能对上，这鱼就奉送。"

　　张謇听了，自恃学识渊博，颇不介意，笑着说："老人家请。"

　　卖鱼老人将手一提说："相公既对这串鱼有兴趣，那我就以此鱼出对子了：'鳝长鳅短鲇大嘴一串无鳞'。"张謇听了暗暗吃惊，他万万没想到卖鱼老人会出此绝对。他站着想了好一会儿，力图将下联续上，但始终无佳句可续，只好含羞告辞。张謇回家后闷闷不乐，父母见他这样，以为他身体不舒服，再三追问，张謇才把老渔翁出对子的事说了一遍。他的父亲想了想，代张謇续出了下联："龟硬鳖软蟹细眼三者有足。"

张謇觉得父亲的下联对得绝妙，由此他深感自己学识疏浅，便决心刻苦学习，后来终于考中了状元，还成了一位大实业家。

思想就像是胡须，不成熟就不可能长出来。

27

老厨师妙答下联

民国初年，上海有位大银行家请客吃饭，来赴宴的人，大都是金融界巨头、军政要人及社会名流。

宴会间，少不得有艺人在一旁奏乐助兴。这位银行家生平有一好：爱好作对子，尤其喜欢出上联，希望别人答出下联。他读过不少有关对联方面的书，也算个内行。今天他显得很高兴。他挥挥手，让一旁弹唱的艺人退下去，向桌上的客人们建议道："我们光喝酒吃茶，实在没啥意思。也学学文人，边吃边作对子，各位以为如何？"

客人们齐声附和："说得对，说得对，请你先出上联吧！"

主人一时想不出上联，他一看桌上有瓶酒，就用银叉子敲敲酒瓶，说："这瓶酒叫'三星白兰地'，那我出的上联就叫'三星白兰地'吧，看哪位先对出下联来！"

上联一出，客人们都停下筷子苦苦思索起来。可过了半个钟头，桌上菜都凉了，也没人对出下联来。

正在这时，一位老厨师端菜上来。他见众人不动筷子，以为客人嫌自己烧的菜不好，连忙小声问："各位，是菜不可口吗？"

银行家摇摇头，说："我们在作对子，你可慢点儿上菜。"

老厨师问："上联是什么？"

银行家敲敲酒瓶:"三星白兰地。怎么,你也想试试?"

老厨师微微一笑:"先生,要对出这下联并不难,有句俗话——"

银行家急着问:"说吧,哪句俗话?"

老厨师一字一句地说:"五月黄梅天。"

众人听了,细细一想,都连声叫道:"妙极了! 真是妙极了!"

人生妙语

　　一个人的美不在外表,而在才华、气质和品格。

29

欢笑一生的妙语故事

上联对不起下联

对联,最讲究上下联对称,最起码要求上联和下联的字数相等,否则,也就不称其为对联了。不过,在辛亥革命后,四川曾有人写过一副上下联字数不一的对联,曾传为佳话。

1911 年,孙中山领导的辛亥革命推翻了清王朝的统治,但不久,革命果实被北洋军阀袁世凯篡夺。1912 年 3 月,袁世凯就任中华民国大总统,实行独裁统治。1915 年底,改中华民国为中华帝国。1916年元旦,袁世凯称帝,梦想当中国的新皇帝。后因全国人民的声讨而被迫取消。同年 6 月 6 日,这个窃国大盗在忧惧中病死。

四川有位文人,出于对袁世凯祸国殃民、复辟倒退的罪恶行径的痛恨,写了一副嘲讽他的"挽联":

袁世凯千古

中国人民万岁

这副挽联挂出后,人们惊愕不解,议论纷纷:这算什么挽联呀？上下字数也不对啊。

有位年轻人心直口快,他当场指责道:"这'千古'对'万岁'倒很好,可上联的'袁世凯'三个字,怎么对得起下联的'中国人民'四个字呢？"

写这副挽联的文人听了，不由哈哈大笑，说道："年轻人，你说对啦，袁世凯就是对不起中国人民啊。"

这一说，人们才恍然大悟，纷纷为这副挽联的奇妙构思而叫绝。

玩弄权柄、卖国求荣的人必将受到人民的唾弃和历史的惩罚。

欢
笑
一
生
的
妙
语
故
事

城门上的对联

现今的四川省宜宾市,从前称为戎州。戎州城门上有副没有下联的上联:

> 大凉山山小,小凉山山大;
> 不管大山小山,都是锦绣河山。

这上联已写出几十年了,好几任县官请来许多文人墨客作下联,但都对不出。

这一年,有个姓李的秀才路过这儿,他想了半天,也是难于对出。正在此时,他偶一抬头,远望见对面山上有一黑顶白塔,恰与隔河的白顶黑塔遥遥相对。

这下,他想起在河边听一老者说起,说这两座塔年代久远,因得山川灵气,幻化成了一对孪生兄弟。有一夜,它们互换塔顶,刚换好时,晨鸡叫啼,一下子来不及再将塔顶换回来,所以就变成了现在这个样子。

李秀才想到这儿,他把手一扬,说了句"有了",就提笔写了下联:

> 黑顶塔塔白,白顶塔塔黑;
> 不论黑塔白塔,均为古代宝塔。

这一下联，可谓巧对了。

　　知识也是人类在实践中认识客观世界（包括人类自身）的成果。它包括事实、信息的描述或在教育和实践中获得的技能。它可以是关于理论的，也可以是关于实践的。

　　知识是通向真理的唯一捷径，也是达到真理的最大阻碍。

小·顽童答下联

欢笑一生的妙语故事

从前有一个名叫王大明的孩子。这是个小顽童，在私塾读书时，常常东张西望，不专心学习，教书的杨老先生常常批评他。

一年冬天，天气冷得人伸不出手。这天，杨老先生叫学生们默字，王大明怕冷，他一会儿搓手，一会儿往笔上哈气。杨老先生走到他面前，发现他一字未写，便生气地说："你不要默字了，我出副对子给你对，上联就以你的动作为题，'口含冻笔舌舔墨'，限你明天对出下联，对不出来就得挨板子。"

这下联可不是容易对出来的。王大明挨了杨老先生一顿训斥后，愁眉苦脸地回家了。

对不出下联，明儿到私塾去就得挨打，愁得王大明晚饭也吃不下。

天黑了，王大明还在想着杨老先生出的那副上联，他苦苦思索着下联，但怎么也想不出。他想，只有老老实实去请教杨老先生了。

王大明见外面天黑了，就提上马灯到杨先生家去。走出门不久，迎面吹来一阵风，把灯吹暗了，王大明用手把灯芯向上捻了捻，灯又亮了。这下，他受到了启发，猛地想出了下联。王大明急匆匆奔到杨老先生家，开门的正巧是杨先生，他忙说："先生，下联我想出来了。你的上联是'口含冻笔舌舔墨'，我这下联是'手捻油灯指沾油'。"杨老先生听了很高兴地说:"这对子对得好,对得好!"

这小顽童不仅免了打,还受到了先生的夸奖。

每一桩小事、每一个目标、每一件小东西、每一句话里都包含着无穷的奥秘,可触发我们灵感的源泉。

李调元趣对

一

李调元（1734—?），字羹堂、赞庵、鹤洲，号雨村、童山蠢翁，绵州（今四川绵阳）人，清代戏曲理论家、文学家，戏曲论著有《雨村曲话》《雨村剧话》，又著有《童山全集》，辑有《全五代诗》《粤风》等。

四川名士李调元，于清乾隆初年，任广东学政，从长江顺水而下，出三峡，途经湖南。湖南巡抚在洞庭湖畔为他设宴接风。宴席上，一位候补道学想在巡抚面前卖弄才华，就即席施礼说："学政大人，久闻蜀水巴山，诗人辈出，才子云集，不乏能诗善文者，而且长于趣对，不才想借今日盛宴，求教于学政大人，取乐于抚台和席上诸公，不知学政大人肯不吝赐教乎？"

首座的湖南巡抚，晓得这位候补道学肚中确有墨水，心想：素闻李调元之名，但从没见过其真才实学，今日且试他一试。于是，他只是捋须微笑，任凭幕僚和局下的文人打趣相邀。

李调元含笑说道："学生才疏学浅，但盛情难却，只好班门弄斧了，冒昧献丑，还望诸公不要见笑。"

那位候补道学见有抚台大人暗许，又自恃自幼善对，便吟出上联：

洞庭湖八百里波滚滚浪滔滔大人由何而来

上联一出，巡抚面带喜色，众属下交口称赞，都认为这一联既有地方特色，又富谐于对，定夺优势。不料，李调元并不思索，一口饮干杯中之酒，对出下联：

巫山峡十二蜂云霭霭雾腾腾老子从天而降

如此快的对出下联，使得巡抚也忘了身份，要敬李调元一杯。

但这个候补道学也不简单，立即又出了一对：

四维罗夕夕多罗汉请观音客少主人多

这上联刁钻古怪，而又挖苦刻薄，候补道学要将李调元比为观音。男尊女卑在当时是属于正统思想，似乎罗汉总比观音强。哪知李调元冷冷一笑，随口对曰：

弓长张只只双双张生戏红娘男单女成双

这一联，不仅用典有据，对仗工整，而且针锋相对，候补道学顿时瞠目结舌，连巡抚和其他幕僚宾客也暗暗怪他多事。

但那位候补道学并不罢休，随手在湖畔的一棵果实累累的李子树上摘下一个李子，扔在洞庭湖中，吟出上联：

李打鲤鲤沉底李沉鲤浮

吟罢说道："学政大人，此对叙眼前之景，抒胸中之情，下联若能如此，当甘拜下风！像这洞庭湖畔的蜂儿一样，重采诗情，再酿文采，永不歇息，再不自满！"

当时，正值仲夏，瓜花献蜜，蜜蜂飞进飞出，李调元眼观此景，道出了下联：

风吹蜂蜂扑地风息蜂飞

此联一出，众皆哗然。那位候补道学至此方知天外有天，人外有人，从此竟然无心仕途，一边养蜂，一边习文。据说，这就是如今洞庭湖畔蜂客云集的原因。

二

有一年夏末初秋,李调元告病还乡。小憩之后,便顺着田间小路,来到一处农家小院,发现几个农家妇女正在稻场坝晒谷子,就直朝那个地坝走去。

场内有一个农妇认得李调元,见他走过来,赶快拿了一张凳子,一边请他坐下,一边又倒了碗老荫茶递过来,说:"李大人,我们刚才还谈到您的对子呢! 我们也有一句对子,不晓得李大人愿不愿意同我们对?"

李调元一听农妇有对子,又吃惊又高兴,赶快说:"愿意,愿意,就怕对不上来。大嫂,你且说来!"

话刚说完,突然从场院那头窜出一群各色各样的鸡,趁照看稻场的农妇们在这边和李调元摆龙门阵,拼命地啄食晒坝上的早稻谷子。

那位农家大嫂见了,顾不得讲话,吹嘘一声,就准备过去吆鸡。可是,还没等她走过去,从一家屋檐下跑出两个拿竹筒刷巴的幼童来,挥舞竹筒把那群鸡吆走了。

不知是有意,还是无心,那位农家大嫂拍着巴掌,从稻场坝那头走到了李调元面前,说出了上联:

饥鸡盗稻童筒打

李调元一听,晓得这是一种谐音叠字趣对,在对联中是堪称上品的,他不由得惊叹出对人的才思,又为自己急切间想不出下联而急得背着双手在稻场坝踱起步来。

大约过了一袋烟工夫,李调元还没有想出头绪,他皱着眉望着古老陈旧的农家小屋陷入了沉思。突然,他看见屋梁上瓦片下,一老鼠伸出一个头来,精灵的小眼睛盯住底下的一切,煞是有趣。这时,晒场上风车般卷起一股灰尘,扑面而来,呛得李调元憋气不住,一阵猛咳,老鼠也从梁上惊窜而去,李调元触景生情,心中一动,连说:"有了! 有了!"指着掠窜过梁的老鼠,道出下联:

署鼠凉梁客咳惊

农家大嫂们也被这来自生活通俗易懂的趣对折服了。

三

李调元闲居在家时,遍游川内名山大刹,峨眉、青城、嘉定州几乎无处不有他的足迹。

这一天,李调元来到川东的一座山上,看到一座古刹,钟声阵阵,烟雾缭绕,香火甚是兴旺,他兴致正浓,便走了进去。

庙中的和尚素闻李调元之名,赶紧禀报进去,由长老和尚亲自前来接待。长老和尚也很好客,领着李调元山前山后、庙里庙外,看了一个尽情尽兴。并把他请入方丈室中,办了一席很丰盛的素宴款待他。

席间,李调元见长老和尚几次欲言又止,料定他有事相求,就主动问他。长老和尚这才说出原委。

原来,这座寺庙中有幅画,是这位长老和尚的师父画的,画的是三两枝出水荷花。笔法简洁,晕染得法,好似真的一样。

传说,当时的长老和尚作画之后,正逢江南才子唐伯虎游玩到此,老和尚就请他在画上题字留墨,唐伯虎也毫不推辞,悬腕展臂,龙飞凤舞写下几个大字:

画上荷花和尚画

当时的长老和尚刚要提问,唐伯虎就说:"我走之后,若有人能对出此对的,此人必是当今奇才!"说完甩笔而去。

李调元听长老和尚这么一说,兴趣陡增,马上要长老和尚把画给他看。长老和尚当即焚香净手,揭开方丈室中那一面挂在墙上的红缎,取下一幅裱褙得很好的生宣水墨画。李调元一看,果然是画妙字绝,确为唐伯虎真迹,他望着这个对子一寻思,才发现其中之妙处。

原来,这句七字对,无论反念顺读,其字音均是一样的,难怪唐伯虎要出此大言。李调元也更加敬重这位明代的江南才子了。

长老和尚看到李调元对画沉思,凝神不动,以为他还没有解此上联之妙,就提醒他说:"李大人,这副对子有点怪,正反两念都是一样的,好多到这里来应对的名人才子都打退堂鼓了!"

李调元听了这话,微微一笑,向长老和尚说:"大和尚,请借墨砚一用!"

"大人对出来了?"

"不敢,献丑而已!"

长老和尚见他这么一说,知道绝不会假,赶快将墨砚取来,将那幅画在案几上轻轻展开,亲自将水憩墨饱的大号提笔捧到李调元面前:"请大人锦上添花!"

　　只见李调元提笔在手,略一沉思,便紧靠唐伯虎上对之旁,写了下联:

书临汉字翰林书

　　从此,这幅画就作为这座寺庙的镇寺之宝,挂在方丈室中了。

人生妙语

　　只有时刻把记忆的网张开,才能捕到知识的猎物。

徐文长难倒窦太师

徐渭(1521—1593年),初字文清,改字文长,号天池山人、青藤道士,山阴(今浙江绍兴)人,明代文学家、书画家,工书法,长于行草,善绘画,特长花鸟,有《徐文长全集》《徐文长佚稿》《南词叙录》《四声猿》等。

徐文长从小就天资聪明,十几岁时学问已很渊博。

有一年秋试,皇帝派了一个叫窦光鼐的老太师到绍兴来主试。他为了筹备考试,提前到了绍兴。

窦太师游街过市时,总是有一块"天下无书不读"的御赐金牌扛在前面,开路喝道,耀武扬威,自以为文章压倒天下,目空一切,非常傲慢。

这一天,正是盛夏炎热,徐文长听说窦光鼐要来了,心想:把他的御赐金牌除下,给他一个下马威。主意既定,他就赤身露腹地睡在东郭门内的官道正当中。

"咣……咣……"鸣锣开道的声音越来越近,头牌执事看见一个小孩睡在官道当中,就禀告老太师说:"有个小孩子挡官拦道!"窦光鼐听得拦道的是个小孩,也不以为然,吩咐住轿,要自己出来看看。见那拦道的小孩睡得很熟,窦光鼐便把他叫醒。徐文长故作恭敬地站在一旁,等候发落。窦太师问道:"你睡在热石板上做什么?难道不怕把皮肤晒焦?"

徐文长大大方方地回答说:"不做什么,晒晒肚子里的万卷书。"窦太师听他好大口气,就对他说:"既然你喜欢读书,一定会对对。我有个对子给你对,对不出来,你就要让道回避。"

徐文长立刻反问道:"如果对的出,那又要怎么办?"

窦太师想:一个小孩能有什么了不起的,就随口说:"如果对得好,就把全副执事停在这里,老夫步行进学宫。"

窦太师想起绍兴南街有三个阁老台门,便随口出题:"南街三学士。"徐文长不假思索,回对:"东郭两军门。"

窦太师一听,觉得南街对东郭,文官对武将,而且这两个军门都是绍兴城内有名声的,不由得点头称赞:"好奇才!"

这时徐文长故意问窦太师:"您那金牌上的六个大金字,作何解释?"

窦太师听得问起金牌,马上得意地说:"皇上晓得我天下无书不读,因此御赐这块金牌!"

徐文长接着又问:"那么,太师爷,您总该熟读了'时建书'吧?"

窦太师被问得目瞪口呆,暗想:不要说熟读,就连书名也没有听说过。徐文长见时机已到,就把早已准备好的《万年历》拿了出来,递给窦太师说:"太师没读过,学生倒是会背。"说着,就喃喃地径自背诵起来,背得又流利,又纯熟。

窦太师果然也聪颖,过目不忘,等徐文长背完了,他也能背了。但是,徐文长还能倒背,窦太师却不会了。徐文长就理直气壮地问:"太师爷既有书未读,那么这块金牌将作何处理?"窦太师尴尬地说:"当然不适合我了!"

43

窦光鼐只好践约,刚想举步朝学宫走去,徐文长却叫住他说:"启禀太师爷,自古中国才子数浙江,浙江才子算绍兴,绍兴处处出才子,太师爷要小心提防啊!"

从此窦光鼐进出府门,只听得到鸣锣开道的声音,再也看不到"天下无书不读"的御赐金牌了。

人应该装饰的是心灵,而不是外表。

三妯娌

有一个地方,兴一种坏风俗——儿媳不能同公公说话,一旦说了话,就犯了家规,被人耻笑,还得受家族门户的指责和处罚。

有一户人家,公公生了病,躺在床上。三个儿媳本当探望公公的病情,但又忌讳同公公说话。只得各打各的主意,各尽各的孝道。大媳妇戴了一顶草帽,到公公卧房里去了一趟,公公不知所以,很是气恼;二媳妇抱着娃子也到公公卧房走了一趟,公公又疑惑不解,火气更大;三媳妇趁着姨妈来看望公公病情时,也陪着姨妈到卧房里走了个过场。姨妈还在和公公谈话的当儿,三媳妇便自个儿先走了出来。公公越发责怪三个儿媳不懂礼节,更是火冒三丈,肚皮险些气破。

后来,公公的病好了,就接来家族族长,评品儿媳妇们的不孝行径,依次质询三个儿媳。

大儿媳妇说:"我想去看望公公的病情,但又不能触犯家规,我只得戴了草帽去看望公公,意在女子戴帽,是个'安'字,就等于我向公公问安了。"

二媳妇说:"我抱着娃子去看望公公,有女有子,女加子是个'好'字,即是向公公问好的意思。"

三媳妇说:"我陪姨妈去看望公公,我先走出房来,姨字离了女字,是个'夷'字。我是祝愿公公的病情化险为夷,安然无恙。"

公公和众人听了三妯娌的答辩,无不拍手叫好。

最为聪明的生活方式是蔑视时代的习惯,同时又一点也不违反它地生活着。

巧 巧

县官叫王老九,他的两个衙役叫张老九和李老九。打鱼的老汉叫郑老九,他有个姑娘叫巧巧。

巧巧十八九,嘴巧心灵,长得还挺俊。郑老九天天去河边打鱼,巧巧一边管家务,一边天天进城卖鱼。父女俩勤勤恳恳过日子。

一天,巧巧正在街上卖鱼,一下子被县官王老九看见了。他见了这俊姑娘,馋得直咽唾沫,非要娶她当小老婆,就派张老九和李老九,带上许多彩礼去说亲。

郑老九说:"我的姑娘有婆家了,是个打鱼的小伙子,过几天就要娶亲。"

巧巧说:"宁当天上一只鸟,不做官家一房小。让县官死了这股子心吧!"

张老九和李老九碰钉子回来,把事对县官一说,县官气个半死。张老九和李老九说:"大人,您要想把巧巧弄到手,是非想办法抢来不行了。"县官一摸脑袋说:"有什么办法呢?除非给他们父女定个罪,可是郑老九该交粮交粮,该纳税纳税,该出差出差,平常老老实实,不为非作歹,有什么罪可定呢?唉!"

张老九和李老九说:"大人,我们倒有个主意……"

县官听了,抹抹胡子说:"妙!妙!"

第二天,郑老九被传进衙门。县官说:"郑老九,你可知罪?"

郑老九愣愣地说:"大人,不知我犯了什么罪?"

"我叫老九,你为什么也叫老九?"

"谁不许叫老九哇?"

"胡说!我是官,你是民;许我叫老九,不许你叫老九!这是'王法'。从今以后,你们父女俩谁也不许再提'九'字,说了就是知法犯法,罪更大……去吧!"

郑老九回家以后,把事对巧巧一说,愁得一头躺在炕上。巧巧说:"爹,甭发愁。你还叫您的老九,只多加小心就是了。"

"巧巧,怎么加小心也不行啊!你想,谁避得住说个'九'字呀!一说,就犯罪啦!"

"爹,不碍事,事到临头,有办法对付他们!"

一天,巧巧又进城卖鱼。正卖着,衙役张老九和李老九走来了。他们到巧巧跟前,一个说:"巧巧,我叫张老九。我这儿买了一捆黄芽韭。"一个说:"巧巧,我叫李老九。我这儿打了一瓶好烧酒。"一个说:"今天县大老爷王老九,要请你爹来吃酒。来也得来,不来也得来!"一个说:"巧巧,你立刻回去,告诉你爹:张老九、李老九,买了一捆黄芽韭,打了一瓶好烧酒,县官王老九,要请郑老九,一同到酒楼,来吃黄芽韭,来喝好烧酒。"

一个问:"巧巧,记住了没有?"

巧巧点点头。

一个说:"你学说一遍吧!"

"好吧!"巧巧闪闪大眼睛,脸上笑嘻嘻。

张老九心想:不怕你不说"九"啦!

李老九心想：你一说"九"字我就捆你！

巧巧不慌不忙地说："张仁三，李四五，买了一捆扁叶葱，打了一瓶高粱油；县官王八一，要请我爹爹，同到三六楼，来吃扁叶葱，来喝高粱油。对吗？"

巧巧说完，张老九看看李老九，李老九看看张老九，两人瞪瞪眼，忙溜回衙门去。县官听了以后，一口气没上来，活活气死了。

人生妙语

一个人的力量终究是有限的，但智慧的力量是无限的。

欢笑一生的妙语故事

商人的女儿和造谣者

有个商人生了两个孩子，一个儿子和一个女儿。他临死时（他的妻子已经先进了坟墓）对两个孩子说："你们要相互关心，相互照顾，就像我和你们的母亲活着的时候那样。"说完他就咽了气。

不久，商人的儿子决定去海外做生意。他造了三条大船，在船上装满了货物，临行时他对妹妹说："亲爱的妹妹，现在我要出海远航了，家里只剩下你一个人，你一定要举止端正，不要给别人有造谣中伤的机会，千万别和陌生人交谈。"接着，他们交换了自己的画像；妹妹留下了哥哥的画像，哥哥带走了妹妹的画像。最后他们洒泪而别。

商人的儿子扬帆起锚，船队向远方驶去。他们航行了很久，终于来到一个非常富有的国家。船刚一靠岸，商人的儿子就带着许多宝石、天鹅绒和绸缎去拜见国王。他把这些礼物献给国王，并请求国王允许他在这个国家做生意。

国王非常喜欢这些礼物，他对商人的儿子说："你慷慨地送给我这么多珍贵礼物，这也是我一生中所接受过的最好礼物。作为回报，我将把市场中最好的一家店铺让给你，你可以出售货物，也可以收购东西，你不必害怕任何人，假如有谁敢伤害你，可以直接来找我。明天，我还要亲自到你的船上去拜访你。"

第二天，国王来到商人儿子的船上，参观了他的货物。在船长的舱里，国王看见了墙上挂着的画像，他问道："画像上的人是谁?"

"陛下，那是我的妹妹。"

"商人先生，我一生中还从没看见过这么漂亮的姑娘。请你告诉我：她的品行和性情怎么样?"

"她像鸽子一样纯洁温柔。"

"很好，假如真是这样，她将成为王后，我要娶她做我的妻子。"

但是，站在国王身边的将军却是个阴险恶毒的小人，他对任何人的幸福都会妒忌得要死。他听了国王的话感到非常愤恨，他想："这样，我们的妻子都要拜倒在一个商人女儿的脚下，我一定要阻止这样的事情发生!"于是他向国王说道："陛下，如果你能免我死罪的话，我就将把事情的真相告诉你。"

"你说吧。"国王说。

"这个商人的妹妹是不配做你的妻子的。我在很久以前就认识她了，她曾做过我的情人，她是一个轻浮放荡的女人。"

国王听了将军的话，转身斥问商人的儿子："你这个外国来的商人，怎么胆敢欺骗我? 你说你的妹妹像鸽子一样纯洁温柔，难道你不知道说谎是要受到惩罚的吗?"

"陛下，如果这位将军不是在说谎，请你让他把我妹妹的戒指拿来，并让他说出我妹妹身上有什么暗记。"

"很好。"国王说。他给将军下了一道命令："你必须立刻动身去把戒指拿来，并说出这个商人妹妹身上的暗记，如果你办不到，我就要用这把短剑把你的脑袋砍下来。"

将军立即出发前往商人妹妹居住的城市。他到了那座城市后却想不出任何办法来，于是就在街上来回地走着，有些焦急不安了。这

51

时他遇见了一位沿街乞讨的老太婆，他给了她一些钱。老太婆问他："是什么事情使你愁眉不展呢？"

"我为什么要告诉你呢？你又不能帮助我。"

"谁知道呢？也许我真的能帮助你哩。"

"你知道一位商人的女儿吗？她的父亲已经死了，她的哥哥到海外经商去了。"

"我当然知道。"

"如果你能帮我把她的戒指弄到手，并且把她身上的暗记搞清楚，我会给你很多金币的。"

于是这个老太婆一瘸一拐地来到商人女儿的家。她敲开门，说自己要到圣地去朝拜，现在来请求一些施舍。她说话非常狡诈，可爱的姑娘在不知不觉中就把自己身上的暗记说了出来；老太婆还趁姑娘不注意时偷走了她的戒指。离开商人女儿家后，老太婆急匆匆地跑到将军那里，她把戒指交给将军，然后说："她的暗记就是在左胳膊底下有一根金色的腋毛。"

将军慷慨地赏给她很多金币，然后就赶回自己的国家去了。他走进王宫时，商人的儿子正好也在里面。国王问："怎么样？戒指拿来了吗？"

"是的，陛下，你看吧。"

"她的暗记你也知道了吗？"

"那是一根金色的腋毛，在她的左胳膊底下。"

国王向商人的儿子问道："这些对不对呢？"

"陛下，这些都是对的。"

"那么说谎的确实是你了，现在我得把你处死。"

"陛下，请宽限我一段时间，让我给我的妹妹写一封信，我要最后再见她一面。"

国王说:"你可以让她来,但我不能等得太久。"于是国王推迟了死刑的期限,但他把商人的儿子扔进了牢狱。

商人的女儿一收到哥哥的来信,就急匆匆地上路了。在旅途中她一面哭泣,一面编织了一只金丝手套,而她的眼泪一掉到手套上,就立刻变成了一颗颗美丽的钻石,并且牢牢地镶嵌在手套上了。最后,她终于来到目的地,在一个可怜的寡妇家里住了下来。她向寡妇打听说:"你们的城市里有什么新闻吗?"

"有呀,有个外国来的商人明天就要被绞死了,那都是因为他妹妹的缘故。"寡妇又把事情的经过,向商人的女儿讲了一遍。

第二天早晨,商人的女儿租了一辆马车,穿着艳丽的外衣来到了广场。广场上已经立起了绞刑架,许多士兵整齐地站在周围,有成千上万的市民拥挤在广场上观看。不久,商人的儿子被带了出来,并且被推到绞刑架前。

商人的女儿跳下马车,径直走到国王跟前。她拿出那只路上编织的手套交给国王说:"陛下,请你看一下这只手套值多少钱。"

国王仔细地看了一下说:"啊,这是无价之宝!"

"是的,它是非常珍贵的。但是陛下,你的将军到我家里偷走了另一只手套,它们原来是一副,是我打算编织好献给你的。"

国王把将军召来问道:"这儿有人控告你偷走了一只非常珍贵的手套,这究竟是怎么回事?"将军起誓说他从来没见过这个女人,也没有上她家去过,更没有偷过什么手套。

"你这是什么意思? 你否认一切吗?"商人的女儿说,"你到我家来过许多次,还是我的情人!"

"不,陛下,这个女人是在说谎。在这个世界上我还是头一次看见这个女人呢。我敢再一次发誓！"

"如果他说的是实话，那么陛下，为什么我的哥哥要受这么多苦，还要上绞架呢？"

"谁是你的哥哥？"国王问。

"站在绞架前的那个人就是我的哥哥！"

于是真相大白。国王命令立即释放商人的儿子，同时下令把将军绞死。国王和可爱纯洁的姑娘一起坐上马车，来到了教堂，他们举行了婚礼，又举办了盛大的宴会。他们过着幸福美满的生活，直到今天。

谣言并不具有杀伤力，在智者面前它将变得不堪一击。

7 岁的小姑娘

从前有一穷一富两兄弟,他们赶着大车走在大路上。他俩各有一匹马,穷兄弟的是一匹母马,富兄弟的是一匹骟马。他们停车准备过夜。

当天夜里,穷兄弟的母马生了一匹小马驹。小马驹滚到富兄弟的大车底下。第二天早晨,富兄弟叫醒穷兄弟:

"快起来,兄弟,我的马夜里生了一匹小马驹。"

穷兄弟起身说:

"骟马怎么能生小马驹?那是我的母马生的。"

富兄弟说:

"如果是你的母马生的,那么小马驹应该在你的母马身边呀!"

他们争执不下,于是就去打官司。富兄弟塞钱给法官,而穷兄弟只好据理力争。

官司一直打到国王那里。

国王召来两兄弟,给他们出了四道难题:

"世界上什么最快最猛?世界上什么最肥?什么最软?什么最可爱?"

国王限他们三天之内解答出难题。

55

"你们三天之后即来报告!"

富人左思右想,终于想到了干亲家母,于是去找她请教。

干亲家母请他坐到桌旁,给他端来饭菜,这时候她问:

"干亲家,你为什么闷闷不乐?"

"国王给我出了四道难题,限我三天内猜出。"

"什么难题?你告诉我。"

"干亲家母,是这样。第一道题是世界上什么最快最猛?"

"这么简单的问题!我丈夫有匹深棕色的母马,没有比它更快的了。如果抽它一鞭子,都能撵上兔子。"

"第二道难题是世界上什么最肥?"

"我们有一头养了一年多的花肥猪,肥得都站不起来呢。"

"第三道难题是世界上什么最软?"

"人人都知道,鸭绒褥子最柔软,再也没有比这更软的啦。"

"第四道难题是世界上什么最可爱?"

"最可爱的是小孙子伊凡努什卡。"

"谢谢你,干亲家母,你使我心明眼亮,我永远不会忘记你。"

而那位穷兄弟泪痕满面回到家中。7岁的女儿迎接他,家里也只有一个女儿。

"好父亲,你为什么发愁掉泪?"

"我怎么能不发愁,我怎么能不掉泪!国王给我出了四道难题,我一辈子都解答不出来。"

"告诉我,是什么难题。"

"孩子,是这样几道难题:世界上什么最快最猛?什么最肥?什么最软?什么最可爱?"

"好父亲,你去告诉国王,风最快最猛;土地最肥,无论植物和动物,土地都能养活;最软的是手,不管躺在哪里,人总把手垫在头底下;而比梦更可爱的东西世界上没有了。"

两兄弟来到国王面前。国王听了他俩的回答,问穷兄弟:

"是你自己想出来的,还是别人教你的?"

穷兄弟回答:

"国王陛下,我有一个 7 岁的女儿,是她教我的。"

"既然你的女儿聪明,那么我给她一根丝线,让她在明天早晨之前给我织出一条花手巾。"

穷人拿着丝线,愁眉不展地走回家。

"糟啦,"他对女儿说,"国王命令你用这根丝线织一条手巾。"

"好父亲,别发愁。"7 岁的小姑娘说。

她从扫帚上折下一根细树条递给父亲,并嘱咐:

"你去见国王,让他找一个好木匠,用这根树条造一架织布机,那样我就有织手巾的工具了。"

穷人把这些话向国王报告。国王给他 150 个鸡蛋。

"交给你女儿,让她明天之前替我孵出 150 只小鸡。"

穷人回到家,更加犯愁了。

"哎呀,女儿呀! 一桩祸事刚躲过,可是另一个灾难又来啦。"

"好父亲,别发愁。"7 岁的小姑娘说。

她把鸡蛋煮熟了,藏起来准备当中饭,当晚饭。她让父亲去见国王。

"告诉他,喂小鸡要用独日黍米,就是一天之内翻地、播种、收割、脱粒的黍米。别的黍米我们的小鸡根本不吃。"

国王听后说:

"既然你的女儿这样聪明,那么让她自己明天来见我,来时既不能

57

步行，也不能骑马；既不能光着身子，也不能穿着衣服；既不能没礼品，也不能带礼物。"

"唉，这样的难题，我女儿也解决不了啦，"穷人心里想，"这下彻底完了。"

"好父亲，别发愁。"7岁的女儿说，"你去找猎人，给我买一只活兔和一只活鹌鹑。"

父亲给她买回兔子和鹌鹑。

第二天清早，小姑娘脱去全身衣服，穿上一件网眼衫，双手捧着鹌鹑，骑上兔子往王宫去了。

国王在宫门口迎接她。她向国王行了鞠躬礼。

"国王，这是送给你的小礼品，"说着把鹌鹑递给国王。国王伸手刚要接，鹌鹑振翅飞走了。

"嗯，"国王说，"我吩咐的事，你都做到了。现在你告诉我，你父亲很穷，你们靠什么生活？"

"我父亲在岸边旱地上捕鱼，他不在水中张网。我用衣襟装鱼，还用衣襟熬鱼汤。"

"你真傻，鱼怎么会在旱地上生活？鱼是在水里游的呀。"

"你聪明，你什么时候见过骟马生小马驹？骟马不可能生小马，母马才能生小马呀。"

国王终于把小马驹判给了穷人。

人生妙语

谁要是有智慧，谁就有力量，有力量就一定会有办法。

阿格依夏

从前,草原上有一个十分穷苦的姑娘,姑娘的名字叫阿格依夏。她父亲年纪很老了,家里唯一的财产是一头不再产奶的老牛。

一天,阿格依夏的父亲拉着一爬犁柴火到集市上去变卖,想用卖得的钱买些塔尔米回家维持生活。路上,老人遇到一个大肚子商人。商人看了看柴火,又打量了一下老头,问道:"喂!老头儿,卖不卖?"

"卖!"

"多少钱?"

"5 块。"

"全部吗?"

善良的老人哪里知道商人的诡诈,笑着回答:"嗯,孩子,全部。"

商人一听"全部",立即对旁边的商人们说:"听见了吧,各位,他全部卖给我了,一共 5 块钱。"

商人们点头同意以后,大肚子商人便叫老大爷将牛赶进自己的院里。老人家解开爬犁,准备卸柴火。这时,大肚子商人从怀里掏出 5 块钱来,对老人说:"你回去吧,柴火我回头叫人来卸!"

老人家不懂他这话的意思,直瞪着大肚子商人。商人得意地笑着说:"你不是全部卖给我了吗?喏,包括柴火、爬犁、绳子、斧子,还有这头蠢牛！"

老人一听，差点没被气炸了肺，半天才向地上狠狠地吐了一口唾沫，说："呸！我不卖了！"说完，拉上牛就要走。

这时大肚子商人却换了一副嘴脸，一把拉住老人手上的缰绳，说："什么，不卖了?！做买卖不过将一下胡子的工夫就定了的事，你现在想反悔？……好吧，有那么多的人作证，咱们到哈孜（当地的法官）那儿评理去！"

老人想着自己是个穷人，到了哈孜那儿，就是有理也说不过，何况他又有那么些"证人"！只得忍着气拿了那5块钱回家。到家以后，老人将自己一肚子气向唯一的女儿诉说。阿格依夏听完之后，安慰父亲说："你老人家不要难受，明天先到邻居家借一头牛来，驮上家里这些柴火，让我骑在牛上，你赶到商人那儿去。到时他还会问你的，你就说柴火是我的，叫他跟我商量。"

第二天，老人按照女儿的话，又赶着牛到了商人那里。大肚子商人一见老人，想起了昨天的如意买卖，果然得意地笑着，又向老人问道："喂！老头儿，柴火卖不卖?"

"柴火是这个姑娘的，你同她商量吧！"

大肚子商人见是一个10来岁的姑娘，根本没放在眼里，毫不在乎地问道："卖不卖?""卖。""多少钱?""5块。""全部吗?""全部！"大肚子商人一听回答了"全部"这个词，又连忙高声地找着"证人"，说："全部5块钱，你们听见了吗?"当"证人"们回答之后，商人又准备叫老人将牛赶进自己的院子。这时阿格依夏却对商人说："5块钱你拿手给我吗?""当然拿手给你！"阿格依夏听他这样回答，也向在一旁看热闹的人们大声地说："这个商人拿手给我，你们听见了没有?"人们不知道这个姑娘有什么用意，连那些自认为聪明的商人也猜不着她的意思，想看看姑娘究竟有什么能耐,便回答说:"听见了!"牛赶进了大肚子商人的院子,人们也跟着拥了进来。这时商人拿出 5 块钱来给阿格依夏,阿格依夏却一把抓住商人的手腕,举起斧头要往下砍。商人被阿格依夏的举动吓得变了颜色,连声叫道:"你……你这是干什么?""你不是说拿手给我吗? 做买卖不过捋一下胡子的工夫就定了的事,既已经定了,全部柴火换一只肮脏的手,我自认吃亏算了!"片刻间发生的事,证人俱在,大肚子商人考虑即使到哈孜那儿,也扭不过人多势众,只得忍痛愿以 1000 金元的代价买回他的手。"想抓羊,却被狼夹钳住了腿",商人白白地失去了 1000 金元,心里十分恼火,成天盘算着对阿格依夏进行报复。这天,他总算想出了一个绝妙的巧计,立即去找阿格依夏,对她说:"我们到哈孜那儿去撒谎,谁要是认为对方所说的真是谎话,谁就输 1000 金元,谁要是认为对方说的不是谎话,就得用事实来证明。"

阿格依夏同意了,决定第二天就到哈孜那儿去。第二天,他们还没来,远近的群众听说这样一件奇事,都到哈孜那儿集中了。一会儿,阿格依夏与大肚子商人走来,把打赌的内容告诉了哈孜和在场的群众,随后,商人就按照自己想好的谎话先说起来:"今年我种了 10 斤麦子,播种时麦子是捡得很干净的,麦子长出来的时候也很纯,割麦时地里除了麦子,什么都没有;可是,当我捆着那一堆割好的麦子时,发现每一堆麦捆里面有一只小山羊,将麦捆拉到场上打下麦粒来扬场的时候,从扬起来的麦粒里,又发现了一只只的小山羊,等到把扬好的麦子拉到磨坊去磨,麦子被磨成了面,小山羊却从两扇磨盘中间咩咩地叫着跑了出来。"

大肚子商人讲着时,在场的群众都不停地摇头,讲完之后,人们都说他撒谎。可是当哈孜问阿格依夏时,阿格依夏却说:"他说的全是真的！麦种捡得净，麦子长得就纯，秋天收割的时候，那一堆堆割好的麦子，就像一只只肥壮的羊只，那扬在天空的麦粒，就是数不尽的羊羔，麦子磨成了面，小山羊怎么能不咩咩地叫呢？"

群众听了阿格依夏的话，觉得很有道理，商人和哈孜也无话可说。现在轮到阿格依夏讲了，她对大肚子商人说："我的叔父是一个专门给商队带路的向导。一天，他正领着一个拥有 600 峰骆驼的商队在戈壁上赶路，忽然遇到一伙凶恶的强盗。强盗将商队的财产全部抢了，最后还杀死了几个无辜的路人。昨天，我叔父来告诉我，杀死那些赶路人的强盗头子就是你！你说说，我的话是真还是假？"

阿格依夏最后一句话还未出口，群众哗的一声就喊起来，商人也被吓得昏了过去。老半天，商人被群众的呼声震醒，只听见群众正在大声地追问他："快说！你这个凶恶的强盗！"哈孜也在对他发问："喂，商人！你说吧，她说的是真或是假？"商人知道如果说是真的，得赔出 600 峰骆驼的财产，同时还要偿命；说是假的吧，又要输 1000 个金元，左右都要倒霉！群众见商人好半天不吱声，追问更紧了。商人想抵赖，但一时又想不出办法，只得有气无力地说："她……她……她说的是……是假话。"就这样阿格依夏战胜了贪婪的商人。

如果一个人总是一味地贪婪，那么他将成为欲望的奴隶。

巧媳妇

从前,有一个猎人叫阿吾提。他想给成年的儿子娶个媳妇,可总是找不到门当户对的人家。于是,他便和老婆商量到别的地方找儿媳妇。不料走到半路就遇到倾盆大雨,猎人的衣裳淋湿了。正急得没办法,恰好碰到一棵大树,他便连忙跑到树下避雨。也就在这时,附近有几个放牛的姑娘也被淋得四零五散,其中有个姑娘抱着一捆木柴,赶着一群牛离开了她的同伴,直奔大树而来。其余的姑娘各人背着木柴,赶着牛,走向村庄去了。阿吾提看见这情景,不由得起了好奇心,便向那个姑娘问道:

"姑娘,你的同伴都回村庄去了,你为什么不跟她们一道去呢?"

姑娘不慌不忙地先把她的木柴和牛都安置在避雨的地方,然后答道:

"她们回家,会吃三种亏。"

阿吾提听了,诧异地问:

"她们会吃哪三种亏?"

"第一,"姑娘答道,"她们的牛还没吃饱,回家以后,等雨停了她们还得把牛吆回来;可是吆回来不久天就黑了,她们又得把牛吆回家去,这样吆来吆去,牛还是吃不饱肚子。第二,等她们回到家里木柴也被雨淋湿了。第三,她们走回家,衣服也全都湿了。所以还不如暂时在这里避雨,别看这雨下得这么大,一会儿就会过去的。"

阿吾提听了这话,很佩服姑娘的才智,暗忖道:这姑娘真配得上给我当儿媳妇。于是便用试探的口气问道:

"姑娘,我要是到你们家做客,给我宰什么?"

姑娘答道:

"要是能找到,就宰一只羊,要是找不到,就宰两只。"

阿吾提虽然没听懂这话的意思,但也不好再问,等到天黑,便跟着姑娘到她家里去了。姑娘的爸爸为了招待客人,要宰一只羯羊,可是到处都找不到,于是,他不得不宰他家里唯一怀胎的母羊。阿吾提见了从母羊肚子里刨出来的小羊羔,这才明白了姑娘说过的"要是能找到,就宰一只羊,要是找不到,就宰两只"这句话是什么意思了。

吃晚饭的时候,阿吾提望着姑娘捋了捋胡子,这意思是:我有个已到婚龄的儿子,你愿不愿意嫁给他?姑娘摸了摸胸脯,这意思是表示她同意了。猎人摸了摸眉毛,表示问她要多少聘礼。姑娘摸了摸发辫。

于是,阿吾提给了姑娘能缀满头发的银元后,便给儿子举行了婚礼。婚后两口子过得十分恩爱。

过了几天,城里的国王到山里来打猎,从国王面前跑过的黄羊被阿吾提打中了。国王赶到后大怒道:

"你抢夺了我的猎物,罪该万死!限你7天之内用前面那块山石给我缝一双靴子,将功折罪,不然,我要使你像这只黄羊一样躺在血泊里。"

猎人背着黄羊和岩石,垂头丧气地走回家去。

儿媳妇看到公公愁眉苦脸的,向他问明了原委,随即安慰公公道:

"爸爸，别怕。你把石头扔到河里，安心做你的事去吧，让我来回答国王的难题。"猎人相信儿媳妇的聪明，便安心地出去打猎。过了一个星期，国王便到阿吾提家里来索取靴子。村里的儿童们远远看见国王来了，都争先恐后地跑来给阿吾提家报信。巧媳妇便裹了条头巾走到门前的河边，从河里捞出沙子放在木盆里搅和。

国王打听到阿吾提的住处，走来一看，只见门前有一个年轻的媳妇在搅和一堆沙子。便问道：

"喂！姑娘，你搅这堆沙子干什么？"

姑娘从容不迫地回答：

"用来粘你交我爸爸做的那双靴子的靴底。"

国王惊异地问道：

"沙子还能粘东西吗？"

年轻媳妇反问道：

"那么，石头还能缝靴子吗？"

国王无言对答，自知理屈，便一声不响地溜回宫去了。

人生妙语

智者支配环境，无能者受制于环境。

灵巧的媳妇

　　从前，有个聪明的老头儿，名叫张古老。他一共有 4 个儿子：老大、老二、老三，都已经娶了媳妇，只有老四还是条光棍。兄弟们没有分家，由张古老带着在一起过日子。

　　说也奇怪，这三兄弟都生得呆头呆脑，一点也不像他的老子。娶进来的三个媳妇，也是半斤配八两，心眼儿都不大灵活。一家子人没有一个讨得张古老的喜欢。

　　日子久了，张古老心里发愁。他想：我这块老骨头，总不能老赖在这世上，看他们这么糊糊涂涂的，往后怎么过日子啊！于是，他便想替小儿子找个乖巧一点的媳妇进来，将来，也好替自己掌管这份家业。

　　想想容易，办起来却难了。张古老打听来，打听去，总没有一个合适的。到底老汉是个聪明人，他想了一个巧妙的法子。

　　这天，他把三个媳妇叫到跟前，说："你们好久都没有回娘家了，心里一定很挂念吧！今天，我就打发你们回娘家去。"

　　三个媳妇一听说回娘家，欢喜得不得了，忙问公公让她们住多久。

　　张古老说："大媳妇住三五天，二媳妇住七八天，三媳妇住十五天。三个人要一同回去一同回来。"

　　三个媳妇想也没想，便连忙答应了。

张古老又说:"往日你们总要带点东西回来孝敬我,但是,每一次带的东西都不如我的意。这次你们回去,也少不了要带点东西来,不如我先说出我要的东西。"

"你老人家只管开口,我们一定带回来就是。"三个媳妇一齐说着。

张古老说:"大媳妇替我带一个红心萝卜回来;二媳妇替我带一个纸包火回来;三媳妇替我带一个没有脚的团鱼回来。"

三个媳妇一听,都满口答应了。三个人便一齐动身回娘家了。

三个人走呀走的,不一会儿,便走到了一条三岔路口。大媳妇要往中间那条路去;二媳妇要往右边那条路去;三媳妇要往左边那条路去。三个人正要分手时,才记起公公的话来。

大媳妇说:"公公嘱咐,让我们一个住三五天,一个住七八天,一个住十五天,还要同去同回。哎,三个人的日子又不一样,同去还容易,同回多难啊!"

二媳妇说:"是呀! 同回才难啊!"

三媳妇也说:"是呀! 同回才难啊!"

"还有礼物呢? 一个是红心萝卜,一个是纸包火,一个是没脚团鱼。哎,刚一听,好像是顶普通的东西,如今一想,都是些从来没有见过的东西啊!"大媳妇着急地说。

"是啊! 都是从来没有见过的东西啊!"二媳妇也着急地说。

"是啊! 都是从来没有见过的东西啊!"三媳妇更着急地说。

"不能同去同回,又没有这些礼物,公公是不会让我们进屋的,这怎么办呢?"大媳妇着急了。

"这怎么办呢?"二媳妇也着急了。

"这怎么办呢?"三媳妇更着急了。

三个人想来想去,真不知怎么才好。大家都急得不得了,便坐在路边上哭了起来。

　　三个人哭呀，哭呀，从日出哭到日落，越哭越伤心，越哭声越大，哭得惊动了住在附近的王屠户。

　　王屠户带着女儿巧姑，在路边搭了个草棚，摆了张案板，天天卖肉过日子。这天听到了哭声，便向女儿说道：

　　"巧姑，去看看是哪个在哭？出了什么事情？"

　　巧姑走了出来，见是三位大嫂在那里哭成一堆。问道：

　　"三位大嫂，你们有什么心事，为何哭得这样伤心？"

　　三个人一听有人来问，连忙抹掉眼泪。一看，只见是位大姐站在面前。她们止住了哭声，把事情的原委，一五一十地告诉了她。

　　巧姑一听，想也没想，便笑着说："这很容易，只怪你们没有想清楚。大嫂，你三五天回来，三五一十五，是十五天回来；二嫂你七八天回来，七加八是十五，也是十五天回来；三嫂也是十五天回来，你们不是能同去同回么？"

　　巧姑接着又说："三件礼物：红心萝卜是鸡蛋，纸包火是灯笼，没脚团鱼是豆腐，这些东西家家都有，是顶普通的东西呢。"

　　三个人一想，果然不错，便谢了巧姑，高高兴兴地分了手，各自回娘家去了。

　　三个人在娘家，都足足住了半个月。这天，她们一同回来了，见着公公，把礼物也拿了出来。

　　张古老一看，吃了一惊。原来她们带回来的礼物，一点也没有错。他心里知道，这决不是她们自己想出来的，便问她们是谁指点的。三个人也不敢隐瞒，就把实情一五一十地说出来了。张古老一听，决定要去会会这位姑娘。

　　这一天，张古老一直走到卖肉的草棚子里，连忙叫老板称肉。

王屠户不在家，巧姑走了出来，问道：

"客人，你要称什么肉？"

张古老说："我要皮贴皮，皮打皮，精肉没有骨头，肥肉没有皮。"

巧姑听了，一声不响，便走到案板那边去了。一会儿，就拿来了四个荷叶包，齐齐整整地放在张古老面前。

张古老一看，一样是猪耳朵，皮贴皮；一样是猪尾巴，皮打皮；一样是猪肝，精肉没有骨头；一样是猪肚子，肥肉没有皮，一点也没有错。他心里一喜，暗自说了声："这才是我称心的媳妇啊！"

张古老回到家里，马上请了一个媒人去向王屠户说亲。王屠户也知道张古老的底细，和巧姑一商量，便答应了。不久，张古老选了个日子，把巧姑接了过来，和小儿子成了亲。

张古老得了这样一个聪明的媳妇，满心欢喜，平日里，特别把她看得重，还有心要她当家。

巧姑见公公对自己这样好，也很尊敬他。

日子久了，大媳妇、二媳妇和三媳妇便有些不满意了，背地里叽里咕噜地说："公公有私心，只心疼小儿媳妇，嫌弃我们。"

张古老看出了她们的心思，心想："要大家心服，非得想个法子才行。"

这天，他把四个媳妇都叫拢来，对她们说道："我一天天老了，很难再管这份家。我想把这份家交给你们来管，但是家里人口多，事情杂，要有个顶聪明能干的人才管得下。我不知道你们里边哪个最聪明能干？"

四个媳妇一齐说："公公，你就试试吧！"

张古老说："好，我就试一下吧！试出来哪个最能干、最聪明，家就让她当。这是你们自己说的，以后不准埋怨啊！"

69

大家同意了。

张古老说："会居家的人，就知道节省，无的做出有的来。我就在这点上出题目：要用两种料子，炒出10种料子的菜来；用两种料子，蒸出7种料子的饭来。哪个做得出，就是顶聪明能干的人，家就归她当。"说罢，张古老就转头问大媳妇：

"你做得出吗？"

大媳妇一想：两种料子就只能当两种料子用，哪能当10种料子用呢？便说：

"你别闹着玩了，这哪里做得出来？"

张古老又问二媳妇："你做得出来吗？"

二媳妇一想：平日蒸饭，都只用大米，顶多再加一两种料子，哪来的七八种料子，便说：

"公公，你别逗弄我们了，这哪里做得出来？"

"你做得出来吗？"张古老又回头问三媳妇。

三媳妇心想："两位嫂子都做不出来，我更不用说了。"便没有作声。张古老知道三媳妇也是做不出来的，便说："想你也是做不出来。"最后，才问巧姑："你呢？"

巧姑想了想，说："我试试看。"

巧姑走到厨房里，用韭菜炒鸡蛋，炒了一大碗，用绿豆和在大米里，蒸了一大盆，端到张古老面前。

张古老一看，说道：

"我要的是10种料子的菜，怎么只有两种？我要的是7种料子的饭，怎么也只有两种？"

巧姑说："韭菜加鸡蛋，9样加一样不是10样？绿（方言："绿"和"六"同音）豆和大米，6样加一样，不是7样？"

张古老一听高兴极了，连声说对。当场就把钥匙拿了出来，交给了巧姑。

巧姑当家以后，把家里的事情，安排得妥妥帖帖，吃的穿的，都是自己做出来的，一家人过得舒舒服服。

有一天，张古老闲着没事做，便坐在大门边晒太阳。突然，他想起自己过去的日子，年年欠债、受气。如今日子过好了，总算不借债、不求人了。一时高兴，便顺手在地上捡了块黄泥坨坨，在大门上划了几个大字："万事不求人。"

不料，当天知府坐着轿子，从这门前经过。他一眼便看见门上这几个大字，大大吃了一惊。心想："这人好大胆，敢说出如此大话来，这不是存心把我也不放在眼里吗？好吧！我叫你来求求我。"便厉声叫道："赶快住轿，给我把这个讲大话的人抓来。"

衙役们马上凶恶地把张古老从屋里抓了出来。

知府一见，瞪着两眼说道：

"当什么三头六臂，原来是个老头子。你夸得出这种大话，想必有大本事。好吧！限你三日之内，替我寻出三件东西来。寻得到，没有话说；寻不到，就办你个欺官之罪。"

张古老说："老爷，是三件什么东西？"

知府说："要一条大牯牛（公牛）生的犊子；要灌得满大海的清油；要一块遮天的黑布。少一件，便叫你尝尝本府的厉害。"说罢，便坐着轿子走了。

张古老受了这样的刁难，掏空了心思，也想不出个办法来对付，整日里愁愁闷闷，饭也吃不下，觉也睡不着。

巧姑见了，便问："公公，你老人家有什么心事，尽管跟我们说说吧！"

张古老说:"只怪我不该夸大话,和你说了也没有用。"

巧姑说:"公公,你老人家说吧,说不定我能想出个办法来的。"

张古老只得把心事对巧姑说了。

巧姑一听,说道:

"你老人家说得对嘛,庄稼人吃自己的,穿自己的,本来是万事不求人。你老人家放心吧,这差使就让我来对付。"

过了三天,知府果然来了。一进门,便叫道:"张古老在哪里?"

巧姑不慌不忙地走上前说:"禀大人,我公公没在家。"

知府瞪着眼说:"他敢逃跑! 他还有官差在身呢!"

巧姑说:"他没有逃,是生孩子去了。"

知府奇怪地说:"世上只有女人生孩子,哪有男人也生孩子的?"

巧姑说:"你既然知道男人不能生孩子,为什么又要叫大牯牛生犊子呢?"

知府一听,没话可说。停了好久,只得说道:"这一件不要他办了,还有两件呢。"

巧姑说:"请问第二件?"

"灌海的清油。"

"这好办,请大人把海水车干,马上就灌。"

"海有这么大,怎么车得干?"

"不车干,海里白茫茫的一片水,油又往哪里灌?"

知府一下子把脸也羞红了,便叫起来:"这一件也不要了,还有一件!"

巧姑说:"请问第三件?"

知府说:"遮天的黑布。"

巧姑说:"请问大人,天有多宽呢?"

知府说:"哪个晓得它有多宽,谁也没有量过。"

"不晓得天有多宽,叫我们如何去扯布呢?"

这一下,知府再也没话可说了,红着一副脸,慌忙地钻进轿子里,跑了。

本来,张古老就有名,这一来,远远近近的人,更没人不知道他家的名声了。大家都说:"这一家子,有个顶聪明的公公,还有个顶乖巧的媳妇。"

美丽只能吸引人们的目光,智慧却能打动人们的心灵。

73

幽默诙谐的徐文长

在江浙地区,徐文长的故事可谓家喻户晓。

一个乌龟一个鳖

知府衙门两个师爷,一个姓邬,一个姓毕,经营刀笔,仗势欺人,人们都把他俩恨入骨髓。

一天,邬、毕二人在酒店喝酒,趁着酒兴,大吹牛皮。忽然,徐文长撞了进来,他俩一见,连忙让座。本来,徐文长不屑理睬他们,但想想这两个师爷平素的为人,也想趁机奚落他们两个一番,也就坐了下来。

两个师爷都知道徐文长是当今名士,便假装斯文,要和徐文长吟诗,以显示他们的高雅。毕师爷给徐文长满满地筛了一杯酒,邬师爷随即开了口:"我们来做这样的诗,选一字拆开成两个相同的字,再说出两种颜色相同的东西,这样联成一首诗。"

毕师爷摇头晃脑,哼哼呵呵了一会儿,眉飞色舞地念起他的诗来:"出字拆开两座山,一山煤来一山炭,煤炭本来同一色,你想,哪山是煤哪山炭?"

"好诗,好诗!"邬师爷赞不绝口。

然后拍手打桌叽里咕噜地念了一通之后,也兴高采烈地念起他的诗来:"吕字拆开两张口,一口茶来一口酒,茶酒本来同一色,你猜,哪口是茶哪口酒?"

"好诗,好诗!"毕师爷也赞不绝口。一堂酒客,听了都肉麻起来。他们都注视着徐文长,想让徐先生能念出一首好诗来回答。徐文长不慌不忙地念道:"二字拆开两个一,一个乌龟一个鳖,龟鳖本来同一色,你们看,哪是乌龟哪是鳖?"

酒客们听了,忍不住"哈哈哈哈"大笑起来。邬、毕两个师爷无地自容,只好溜之大吉。

狗不如吃巴掌

绍兴西门外,有个叫苟甫儒的财主,爱钱如命,剥削穷人手毒心狠,可是见到权势比他大的人,腰也哈了,腿也弯了,脸上笑得五家并一家,比见了他亲老子还乖巧。那种奴才相连条狗都不如,难怪当地人都叫他"狗不如"。

狗不如有一回吃醉了酒,夸口说:"我苟某能有这份家当,在于懂得两句诀窍,'有钱有势的都是生我的亲爹亲妈,无钱无势的都是喂我的小鱼小虾'。"

这话传开了，也传到了徐文长的耳朵里。徐文长本来就恨透了这些吹牛拍马、谄媚逢迎的家伙，所以下决心一定要找个合适的机会戏弄戏弄他。

老话说：属狗的鼻子尖。狗不如打听到这年二月初十县太爷家里逢双喜：一则是县太爷要过50大寿。二则是姨太太生了个胖儿子过"百岁"。狗不如一看巴结的机会又到了。吩咐管家七手八脚地准备了一份厚礼。

好不容易盼到这天，大清早狗不如就叫人备车备马，赶着要去县太爷府上送礼。刚刚要出门，忽然想到县太爷是孔门子弟，最喜欢咬文嚼字，最讲究斯文，如果再写副对子一齐送去就是锦上添花了。

既然写对子，当然就得请徐文长了。别看狗不如目不识丁，他也知道徐文长的字是绍兴城里写得最好的。放在往日，徐文长与这些财主人家是没有任何来往的，没想到这一次没有半点推脱爽爽快快写好了。

狗不如一见乐滋滋的，立刻把对子和礼物带着，坐上马车直奔县太爷府上。

到了县府门口，狗不如将礼物和对子一并给看门的家人送了进去，自己在门口恭候。他看见别人的礼都不如他的厚，心里洋洋得意。

忽然，出来几个如狼似虎的家丁，为首的一把抓住狗不如，喊了声"掌嘴"，就左右开弓，"劈劈啪啪，啪啪劈劈"，一连打了80下耳光，打得狗不如血流满面，差点儿昏死过去。

不一会儿，门外挤满了老百姓，没有一个不捂着嘴笑，但谁也不清楚今儿县太爷为什么要如此痛打这条哈巴狗。

狗不如自己也被打蒙了，原先以为是礼物置办得少了，让县太爷不高兴了。后一问，他才晓得是送的那副对子把县太爷气得七窍冒烟。

原来，徐文长写的对子是：

县令大人不是人，
养个儿子要做贼。

狗不如听了又怕又恨，怕的是不要被县太爷搬了脑壳，恨的是徐文长竟敢欺到他的头上。他脸上的血都来不及揩，就连滚带爬地去求见县太爷，磕头如捣蒜，说对子是徐文长写的，与他狗不如不相干。

县太爷一听大怒，立即叫人将徐文长带来。不一会儿，徐文长一步一踱地来了。问明缘由，他不慌不忙地说："只怪苟财主性子太急，刚才小生的对子尚未写好，他便令人拿去了，这怎能责备小生呢？"

县太爷一听也觉得有理，马上叫人将笔墨取来，叫徐文长接着写下去。

徐文长把对子放开，不假思索，一挥而就：

县令大人不是人，
本是南山老寿星。
养个儿子要做贼，
偷来蟠桃献父亲。

众人一看赞不绝口。县太爷脸上也有了喜色，硬拉着徐文长吃寿酒。狗不如只好告辞了，因为吃了 80 个巴掌，嘴都张不开，足可以三天不吃饭。

此事一讲出去，人们都乐坏了。不久，四乡就传着这样一首顺

77

欢笑一生的妙语故事

口溜：

> 狗不如，送礼忙，
> 一遇遇到徐文长。
> 徐文长来吃喜酒，
> 狗不如来吃巴掌。

萝卜对

绍兴都昌坊口，有个姓孙的财主，为人十分刻薄，外号叫做"孙剥皮"。

孙剥皮有个儿子，生得尖头笨脑，人人叫他"小头"。孙小头进了五年书院，毫无进步，连个对子也对不上。孙剥皮急得要命，怕万贯家财后继无人，就四处打听，想请个博学多才的先生，给儿子开导开导。他打听到徐文长才华出众，就托亲拜友，请徐文长来教自己的儿子。

徐文长早已知道孙剥皮盘剥穷人敲骨吸髓，有心去领教一番，就答应了。

徐文长到了孙剥皮家以后，见孙剥皮给长工吃的尽是酸米稀粥、烂菜叶、霉萝卜，心中十分恼火。

一天，孙剥皮来书房，向徐文长问起儿子的学习情况。徐文长说："恭喜你，你的儿子大有长进，双字对都会对了。"

孙剥皮听说儿子能对双字对，十分高兴，连连称谢说："全仗先生苦心栽培,我想明天面试一下好吗?"徐文长说:"好。"

徐文长送走孙剥皮,把孙小头叫来告诉说:"你爹明天要亲自给你对对子,你得准备准备!"

孙小头一听急傻了眼,吃惊地说:"先生,我……对不上,怎么准备?"

徐文长说:"不用急,明天你爹不管出什么题目,你都只要说'萝卜'两字好了。"

第二天,孙剥皮派人到书房来请徐文长。徐文长带了孙小头走向客厅,孙剥皮连连拱手出迎,请徐文长上坐。

徐文长毫不客气地坐了客位,孙小头向孙剥皮请了安,战战兢兢地站在一旁不敢抬头。宾主客套几句以后,孙剥皮就对儿子说:"听先生说,你近日读书有了长进,我今天给你对几个对子试试,你听着:绸缎。"

孙小头皱了皱眉头说:"萝卜。"

孙剥皮一听就骂开了:"混账!绸缎怎么对成萝卜,真是瞎七瞎八。"孙小头吓得张口结舌,缩成一团。这时徐文长笑着说:"东家莫怒,少东家答对了,你怎么还骂他呢?"

孙剥皮不解地看了看徐文长:"怎么……?"

只见徐文长慢条斯理地说:"你说的绸缎是丝织品,你儿子答的罗帛,也是丝织品,以罗帛对绸缎,不是十分贴切吗?"

孙剥皮听了这个解释,紧锁的眉头展开了,连连说:"先生言之有理!"接着又出了第二个对子:"琴瑟。"这回孙小头胆大气壮,毫不思索,响亮地回答:"萝卜。"孙剥皮气得头上青筋暴起,骂道:"活见鬼,又是萝卜。"

徐文长坐在一旁开了口:"东家,你儿子又答对了。"

欢笑一生的妙语故事

"何以见得?"

"琴瑟乃是丝弦乐器,锣钹乃是响铜乐器,锣钹对琴瑟,以乐器对乐器,错在哪里?"

孙剥皮被徐文长说得目瞪口呆,哑口无言,沉默了一阵,又出了第三个对子:"岳飞。"

孙小头因为顺利地连对两课,也就毫无惧色了,他满不在乎地说:"萝卜。"

"畜生,真是海外奇谈! 哪来这么多的萝卜。"

徐文长在旁听了大笑起来。孙小头见先生支持自己,就大胆地说:"谁叫你出的都是萝卜对?"

孙剥皮见儿子竟敢顶嘴,更加恼火,就劈头盖脸的一巴掌,打得孙小头呜呜地哭。

徐文长埋怨孙剥皮说:"东家,这就是你的不是了。少东家明明答得对,你却偏偏说他错,打狗还得看主人脸,怎么当着先生打起儿子来了。"

徐文长一席话已经把孙剥皮说糊涂了,"怎么,难道萝卜又答对了吗?"

徐文长笑笑说:"萝卜当然是对的啰!"

"岳飞是个忠臣,你儿子答的萝卜就是傅萝卜,傅萝卜是个孝子,不是很对?"

孙剥皮听了连连顿首:"对得好! 对得好! 倒是鄙人寡闻了。看来小犬确有长进,先生真的才高学深,教导有方,我要重重谢你。"

徐文长不屑一笑,说道:"不用谢,我还是受东家的启发。东家十分喜欢萝卜,蒸萝卜、咸萝卜、霉萝卜,对萝卜颇有研究,因此我对少东家教导也在萝卜上下功夫。"孙剥皮被说得如梦初醒，脸孔红一阵、白一阵，手足无措。当他还想开口说话时，只见徐文长一甩袖子，大步走了。

　　幽默的讽刺通常胜于严肃的批判。

欢笑一生的妙语故事

门帕的故事

哈尼族人有一位智者叫门帕。

狗老爷开秧门

　　从前,按哈尼族人的习惯,龙把头(头人)不开秧门,任何人都不能栽秧。即使过了节令,都是如此。谁要先开了秧门,龙把头就要收了他的田,烧了他的竹楼,然后把他全家赶出寨子。每年开秧门前,龙把头就下令收开秧门税。他不捞个够,是不会让人们栽种的。

　　有一个灾荒年,全寨的人都交不出秧门税,眼看没有办法活下去了,全寨的人都到龙把头家里向他哀求。龙把头的小眼珠顺着人群滚了一圈,看见门帕也站在人群中间。龙把头心想,这些年吃够了他的亏,今天借这个机会好好出出气。龙把头便指着门帕向大伙说道:"你们要开秧门,好说。今年不要你们交秧门税了,但有一个条件:要门帕学狗爬一次,学狗叫一次。"

门帕听了不慌不忙地挤出人群说道："老爷，你叫我门帕学狗爬、学狗叫倒没什么关系；可我叫你老爷也学狗爬、学狗叫，那你就难看了。"

"你要叫我学狗爬、学狗叫？"龙把头不服气地问道。

"对。"

"多长时间内？"

"三天内吧。"

"三天内你要不能叫我学狗爬、学狗叫怎么办？"

"随老爷的便。"

"烧了你的竹楼，割了你的舌头，打断你的腿！"

"要是老爷学狗爬了、学狗叫了呢？"

"从此以后不再交秧门税。"

"好，一言为定！"龙把头说完掉头就走。他心想：老子三天不出门，看他怎么办？到时候烧他的竹楼，割他的舌头，打断他的腿。

"嗳，老爷，怎么就走啦？你不是要看我学狗爬吗？我马上爬给你看。"门帕说道。

龙把头听他说马上要学狗爬，高兴得停住了脚，大声叫道："快！快爬吧！"

"好，我马上就学狗爬。"门帕说着走到独木桥那边，站在田埂上喊道："老爷，过来看吧，我不但能在平地上学狗爬，还能在田埂上学狗跑呢。"

龙把头为了要看门帕在田埂上学狗跑，高兴地过桥去看。可走到桥中，看着独木桥下急湍的江水，吓得叫了起来。平时龙把头过桥有管家扶着，今天只有他一个人，站在桥上抖得像筛糠。没有办法，只有折过头双手双脚地爬回去。

"看！老爷学狗爬了！"门帕高兴地说道。

"老爷学狗爬了！""可以开秧门了！""从今后开秧门不交秧门税了！"人们也一个个兴奋地叫了起来。

"什么?!"龙把头恼羞成怒地说道，"就算我学狗爬了，可我还没学狗叫啊，秧门不能开！"龙把头说着灰溜溜地逃回家去了。

第二天，龙把头起来后没事做，便把他看门的那条大黄狗拉来训练。他专门训练让狗怎么去咬人。门帕见了后也拉着他那只瘦猎狗走到龙把头跟前。接着，不少的人也来了。

"你们来干什么?"龙把头问道。

"老爷，我牵狗来和你的狗比比看，是你的狗好还是我的狗好。"门帕回答说。

龙把头看了看门帕的瘦狗，得意地说道："你那狗也要来比，瘦得只有架骨头，风都吹得倒。我这狗，追起人来比风快，咬起人来牙齿比刀锋利。"说着，龙把头把手中的米粑朝远处一丢，"去"的一声，狗飞也似的向米粑扑去。龙把头更加得意地说道："看见没有？穷鬼，你哪配懂狗。"

"狗是一只好狗。"门帕又说道，"可刚才我听这狗叫的声音不行。这狗的声音可重要了，声音不响亮，贼根本不怕。"

"嘿！你的耳朵扇蚊子去了?"龙把头气不忿地说道，"你哪配谈狗？刚才我听你那只瘦狗叫起来是'哇哇哇'，力气都没有，就像一只要断气的死狗；我这条狗的声音好极了，刚才你没听见，一叫起来就是'汪汪汪'！又响亮又好听。"

"老爷，我是不懂狗的声音，不过我刚才听你学狗叫的声音确实好听。"门帕说道。

"哈哈哈！我们的老爷学狗叫了！"

"狗老爷叫我们开秧门了!"

龙把头这时才发觉又上了门帕的当,狼狈地拉着狗逃出了人群。

人们呢,都高兴地下田栽秧去了。

上 税

一次,门帕在河里捞了几条鱼,刚煮好,龙把头和管家进来了。龙把头和管家是从远寨收租回来,一路上肚子早就饿得咕咕直叫。一见门帕煮好的鲜鱼,口水不由自主地从嘴里流了出来。他为了吃鱼,左想右想,终于找出了一条理由来了。

龙把头说:"门帕,你知道这山是我的山,这水是我的水,你敢到我的河里去捞鱼,捞了鱼连鱼税都不上缴就先吃了,你还要不要命?"

说完,他凶狠狠地揭开锅,把门帕煮好的鱼吃了个精光;吃完鱼临走时又对门帕说:"记住,今后无论是找到山上的、水里的什么东西,首先拿来交税,不交,烧了你的竹楼!"说完,龙把头和管家扬长而去。

门帕没有吭声,心想:你今天吃得高兴,下次怕你就是吃了山珍海味也要你吐出来。

过了两天,刚好是哈尼人祭祖的日子。龙把头请来了各寨的头人,桌上摆满了名酒和山珍海味,准备痛饮一番。

祭完祖,开餐了,头人们正吃得高兴的时候,门帕背着一个大篮子进来了。

"你来干什么?"龙把头向门帕问道。

85

欢笑一生的妙语故事

欢笑一生的妙语故事

"给老爷上税来了。"

"是些什么?"

"都是在老爷山上拾的和在老爷河里捞的。老爷留下一半吧。"

"对。以后就要这样。是些什么,快拿出来我看。"

门帕先从背篮里拿出一条大鱼。龙把头一见,喜欢得嘴都合不拢,叫管家收了。

门帕又拿出一把山鸡棕。龙把头仍然笑得嘴都合不拢,同样叫管家收了。

门帕拿了鱼和鸡枞后,背起篮子就走,龙把头一看,篮子里面还有半篮子什么东西,连声问道:"还有什么?"

"老爷,算了吧,我今早在山上找的,就留给我了吧。"门帕向龙把头哀求道。

"不行,既是在我的山上找到的,统统都得归我!"说着他叫管家:"给我全部倒出来,一点儿都不能留。"

管家抢过门帕的背篮,"哗"地倒了出来。嘿,不倒则罢,一倒整个竹楼里臭气冲天,原来是半篮子鲜牛粪。弄得龙把头和所有的头人把刚吃进去的山珍海味全"哇"地一下吐了出来。

"你……你……"龙把头又气又难受,话都说不出来了。

"别动气,老爷,你不是交代过我,无论找到山上的什么东西都要拿来给你上税,今天我要不给你送来,你不是要烧了我的竹楼吗?"

人生妙语

当智慧和命运交战时,若智慧有胆识敢作敢为,命运就没有机会动摇它。

86

谢谢老爷

　　龙把头总是被门帕弄得下不了台，他十分恼火，时时刻刻都在想找机会报复。一天傍晚，龙把头在竹台上喝酒纳凉，见门帕走来，便把门帕叫到竹台上，凶狠狠地向门帕说道："门帕，我上了你不少的当，今天你有没有本事把我这瓶酒骗去喝了？要骗不过去，我罚你 50 串钱，还得揍你 50 大棍！"

　　"老爷，这怎么能呢……"门帕为难地说道。

　　"不能，不能我今天就……"

　　"哦，老爷，倒是看见酒，我想起了一件事情。"门帕打断了龙把头的话。

　　"什么事情？"龙把头好奇地问道。

　　"我昨天到傣族坝子去，正好学会了一套魔术……"

　　"什么魔术？"

　　"把酒变成菜油。"

　　"真的？"

　　"不是真的敢在老爷面前吹牛。如果老爷想看，我就露露这一手。"

　　"好，你变。"龙把头说完把酒瓶递给门帕。门帕接过酒瓶咕咕咕一口气把酒喝了个精光，然后把空酒瓶朝地上一摔。

　　"变啊？"龙把头向门帕催道。

欢笑一生的妙语故事

"酒哪能变成油呢……"

"你不是说……"

"老爷,你不是叫我把你的酒骗来喝吗?要不骗你,我不就得交出50串钱,还要挨你的50大棍,谁受得了呢!"

龙把头没有办法,只有认输。为了报仇,他又向门帕说道:"门帕,刚才算你赢了。这回你能不能把我这块鸡腿再骗去吃了?要骗不过去,罚你100串钱,打你100大棍!"

门帕看了看桌上放着的鸡腿,说道:"老爷,说真的,要骗你的鸡腿很容易,不过我看这只鸡腿不能骗,你就是送我,我也不要。"

"为什么?"

"我看这只鸡腿准是有人在里面放了毒药。不然鸡腿怎么会是黑色的?做鸡腿的这个人也太狠心了,还想毒死我们的老爷。"

"这鸡腿是用酱油卤的,当然颜色要黑一些。"龙把头解释道。

"怎么卤也不会卤成这个样子。算了,老爷,你就打我100棍子吧,总比被毒死好些。"

龙把头看了看鸡腿,果然颜色有些不对,心想:真是再好没有了,趁这个机会把这家伙毒死,省得以后再受他的罪。便说道:"门帕,你本事大,能不能把它吃了?"

"有毒的东西怎么能吃?不过吃是可以,可我死了怎么办,你能不能用桂花树给我做口棺材?反正我苦日子也过够了,死了也好。"

"可以,可以。我山上有的是桂花树,我一定给你好好做一口棺材。"龙把头说着,把鸡腿递到门帕嘴边:"快吃吧。"

门帕接过鸡腿大吃了起来。龙把头见门帕吃得津津有味,问道:"有毒吗?"

"哪有毒呢。"

"你，你敢骗我！"

"老爷，不把鸡腿骗来吃了，你不是要罚我 100 串钱，还要打我 100 棍子。现在我走了。老爷，再见。刚才的酒不错，这鸡腿也很香，谢谢老爷。"

聪明的人会依靠他的智慧去战胜对手，而不是靠武力。

欢笑一生的妙语故事

他人的劝告

很早以前。有一次,国王派人把他的老铁匠瓦鲁卡加叫来,交给他许多铁块儿,说:

"我要你给我打一个真正的人,能够走路、说话,有血有肉、有脑子。"

"好的,我的老爷。"瓦鲁卡加回答说,并向国王深深鞠躬,就回家去了。

瓦鲁卡加把铁带回家,可是不知道怎样铸造一个真正的人,要知道世界上还没有一个铁匠能够这样做。

瓦鲁卡加向朋友们一个个征求意见。他可不能对国王说,他不执行他的命令,因为这样就会被当作暴乱分子而处死的。但是没有一个朋友能给他想出主意来。

瓦鲁卡加惶惶不安地回家去。在路上他偶然碰到一个人,他曾经认识他,和他有过一段交情。这个人后来神经错乱了,现在孤单一人住在森林里。瓦鲁卡加不知道这一点,但一见面很快就明白了。

这个人有礼貌地跟铁匠打招呼,瓦鲁卡加也有礼貌地答礼。这个人问:

"你从哪里来?"

铁匠迟疑了一下，回答说：

"我从山上来，去征求意见，我该怎么办。国王给我许多块铁，命令我铸造一个真正的人，可是我不知道该怎么做。"

于是瓦鲁卡加的这位朋友给他提出这样的建议：

"到国王那里去，对他说：'如果你希望我铸造得又快又好，那就命令所有巴格达女人剪下自己的头发后烧掉，以便收集 1000 包炭。此外，我还需要淬铁的水，所以请你下令叫巴格达女人哭出 100 罐眼泪。'"

瓦鲁卡加谢谢他的建议，便径直走到国王跟前，把可怜的这个人对他说的话讲给国王听，他说："普通的木炭和河水不适宜于制造真正的人。"

国王听完铁匠的话，立即下令巴格达女人剪下头发烧成炭，还要哭出 100 罐眼泪。

但是把所有女人的头发烧了，还没有一包炭，而眼泪只有两三罐。国王看到他不可能收集到那么多的炭和水，便派人把瓦鲁卡加叫来，对他说：

"停止工作吧，你根本制造不出人来，因为我没有足够的炭和泪水。"

瓦鲁卡加靠这个方法得救了，他感谢国王，并说：

"我请你弄到那么多头发和眼泪，这就是要做超越你的力量的事；但是你，我的老爷，交给我的工作也超越了我的力量。从来没有一个铁匠能制造一个有血、有脑子，能走路、能说话的活人。"

国王笑了起来，说：

"你是个聪明的，瓦鲁卡加！你说得完全正确。"

91

欢笑一生的妙语故事

归根结底正是这个人给了瓦鲁卡加一个聪明的建议，而他的那些聪明的朋友什么也没有帮助他。

　　多听听别人的意见，不同的声音或许会让你有意外的收获！

裁缝师傅和学员

　　有个裁缝师傅,收了一个姓宋的男孩当了学徒。这个裁缝又贪心又吝啬。一般来说,师徒俩到一家人家去做衣服,主人就端出两碗饭:一碗大的,给师傅吃,另一碗小一些,给学徒吃。但学徒刚伸手拿饭碗,师傅已经把徒弟的那碗饭拿到自己面前,对主人说:"他今天吃过了,我从昨天起一直没吃过饭。"

　　他们在别的人家做活,每次都这样。学徒挨饿,师傅却吃两个人的饭。

　　学徒饿得很难受,就决定教训一下师傅。

　　有一天,裁缝要为一个大官做一件朝服。在量衣服尺寸那天,师徒俩到官府去,一个仆人看见他们,说:

　　"裁缝师傅到厨房里去,那里已为你们准备好了点心。"

　　裁缝马上说:

　　"小学徒今天已经吃过了,我从昨天起就没吃过饭,一直在干活。"

　　裁缝说完,把针别在草席上,就到厨房里去了,而学徒肚子饿得直叫。这时,大官进来了,问:

　　"你的师傅呢?"

　　学徒叹了口气说:

"我的可怜的、不幸的师傅现在在厨房里吃点心。"

"你为什么说他是不幸的?"

"难道你不知道,我的师傅每星期要发一次疯?他发疯时就把顾客的衣料剪碎,幸好我总是能事先知道我的师傅是否会发疯。"

"你是怎么知道的?"

"我有可靠的观察方法。如果师傅不是吃一碗,而是吃两碗饭,那么他的毛病又要发作了。如果他吃饭后用手在席子上摸,就是说,过10分钟他要开始剪顾客的衣料了。"

"他发疯的时间长吗?"大官不安地问道。

"不长,只要用竹棍往他脚后跟敲20下,他就马上能恢复正常。"

学徒说完后,就悄悄地从席子上拿走了师傅插着的针。这时,师傅从厨房里出来了。师傅向大官鞠了个躬,说:

"谢大人,我从来没吃到过那么好吃的点心。"

大官提防着,问:

"你吃了几碗?"

"大人,我吃了两碗,正好两碗。"裁缝回答说。

说完,他坐在席子上,开始寻找针了。但针没有了,于是近视的裁缝就急忙用手在席子上摸,大官一见,吩咐仆人们说:

"抓住他!把他的手缚起来!否则他要剪坏我们这么好的料子的!"

仆人们完成了大官的命令后,大官又对学徒说:

"现在,你去把角落里的竹棍拿来,往师傅的光脚后跟打20下!"

学徒心里说不出的高兴,他满意地执行了大官的命令。

"你们为什么打我?为什么打我?"裁缝呻吟着说。

"让你的病好得快一些。"大官说。

"什么毛病？我从来不生病的！"

"怎么不生病？你的徒弟说,你每个星期要发一次疯……"

裁缝听到这话,抓住学徒的衣领,叫道：

"你竟敢说我会发疯吗？"

"难道不是吗？"学徒说,"你自己去想想吧,每次我饿的时候,你说我已吃过了,难道一个神经正常的人会说一个挨饿的人已经吃饱了吗？只有神经有毛病的人才会这么说的！"

从此以后,裁缝师傅不敢吃学徒的一份饭了。

对于侵害我们利益的人,我们要奋起去反抗。

国王的鹰

　　这个故事，是一个农民在喝完酒后讲给我听的。他是从他爷爷那里听来的，而他爷爷又是从自己的爷爷那里听来的，至于那个爷爷是从谁那里听来的，就说不清楚了。不知是他本人的事，还是他兄弟的事，还是邻居的事，反正这个故事非常精彩。

　　从前，有一个国王，他有一只心爱的捕猎用的鹰。国王喜欢它，因为它长着有力的翅膀、敏锐的眼睛和坚利的脚爪。鹰为自己的主人干了三年，几乎每一次回来都带来了猎物。因此国王在它的头颈上挂了一只铃，这只铃是用一半金子、一半银子做成的。鹰一转动头，铃就会发出银铃般的声音。

　　有一次，国王想出去打猎。鹰像往常一样，坐在国王张开的手指上。不多一会儿，国王等人就到了平坦的田野上，于是，国王把鹰放了出去。第一次放出去，鹰带来了一只鹌鹑；第二次放出去，鹰带来一只沙鸡。可是当国王第三次把鹰放出去后，鹰就再也没有回来。国王派人找了很长时间，仍然不见鹰的影子，只好怏怏不乐地带着人回到了城堡。

　　第二天，国王派了七个武士去找鹰，他们不知翻过了多少山，蹚过了多少河，整整找了 7 天，第八天还是空手而归。这时国王命令大臣向全国各地发出命令：谁找到鹰，送到国王城堡里，谁将得到一大笔赏赐：200个金币。谁要是找到鹰藏匿不交，也得到赏赐：头颈上套一条绳子。

正当国王为心爱的鹰悲痛时，这只鹰已飞到远处的高山，停在一棵树上。这时，在这棵树不远的地方，有一个农民正在耕自己的田。他既不是给我讲故事的那个爷爷的爷爷，也不是爷爷的兄弟，更不是爷爷的邻居。这个农民已经有了妻子和两个女儿。在一个家里如有三个女人，一个男人，那么，这个男人还是沉默为好。因为女人的话，就像袋里倒出得谷糠一样多，你吵不过她们。可这农民非常爱讲话，沉默不下来，所以，他为了避免同妻子女儿发生争论，只得到田里去同自己或同驴子去倾吐积愫。这时，他对着驴子又说了："长耳朵，你日子倒好过，无忧无虑，可我得安排两个女儿出嫁的事，姑娘倒是娴静、谦虚，一天吵架次数不超过十次。可她们的未婚夫太挑剔了，他们长得不漂亮，但要的嫁妆却很多。亲爱的驴子，你说，我到哪里去凑这些嫁妆？"

驴子当然不会同他搭话，但农民突然听见了轻轻的声音。他转身一看，见树上有一只鹰，农民便举起手，开玩笑地用手指招引鹰。这鹰却真的张开翅膀飞到他的手指上。鹰脖子上的铃，发出了银铃般的声音。农民顿时感到十分惊奇！

"唉，"农民说，"你一定是只不平常的鸟，要不，为什么我那头勤劳的驴子从来没有人给它挂上个金的铃？"

这时，他又眯起眼睛细细一看，见铃上还刻了很精细的王冠。农民心里说不出有多高兴，对着鹰高兴地说起话来：

"鹰，我认出你了，你就是一个星期前国王丢失的那只鹰！现在你落到我的手里，这倒不坏，我的运气来了！"

说着,他手托着鹰,高高兴兴地回家去了。一踏进自己的家院,他就指着鹰对女儿们说:"女儿们,你们的嫁妆来了!"

女儿起先很高兴,一看父亲手里是只鹰,就说:

"父亲,你别嘲笑我们了!你把一只鸟作为嫁妆,可它连一只好的鸡都不如。"

"你们懂得什么!"农民说着,转身对妻子讲,"喂,你准备让我上路!我将到王宫里去,路很远,给我带三个烧饼、三枚橄榄和三头大蒜头。"

他妻子把三个烧饼、三枚橄榄和三头大蒜头放在燕麦袋里,农民就带着鹰,背着个大口袋出发了。这农民不知翻过了多少山,趟过了多少河,第三天,便来到王宫。王宫的铁门锁着,但是这位农民并不感到为难,他走近门前,用脚拼命地踢了起来,因为他的手腾不出来,一只手拿着口袋,另一只手上是一只鹰。

不多一会儿,门开了,农民刚想进去,但被两个卫士用长矛挡住去路。这时另外一个卫士敲响了大钟,从王宫里走出来一个胖胖的卫士长,他凶狠地责问农民:"乡巴佬,你到哪里去?"

"我来见国王。"农民答。

"你手上是什么?"

"鹰。"

卫士长一看,果然是国王丢失的那只鹰,心里说不出有多高兴,他明白:这是一个发财的好机会!于是他马上想出了一个计策,装腔作势地说:"鹰倒是鹰,可这是谁的?"

"是国王的。"农民说。

"哼,无赖!"卫士长叫起来,"这鹰当然是国王的,是你把它偷走的!你是否知道,国王由于思念心爱的鹰,吃不下、睡不着吗?现在,我终于捉住你这个无耻的贼了！喂,卫士们,把这个乡巴佬抓起来!"

卫士把农民拖到右边,农民一看,面前是一个绞架,绞架上有一条准备好的绞索,心里不由颤抖起来:恐怕要把我吊死吧! 这可是天大的冤枉,我不能这样死去,于是他叫了起来:"你们怎么发疯了! 哪里看见过贼偷了东西,送还给主人的!"

"等一等吊死他!"卫士长下令说,"你说什么,你是给国王送来这只鸟?"

"当然是给国王送来的。"农民神气地回答,他有点转忧为喜了。

"那么交给我吧,"胖胖的卫士长说,"我替你给国王送去。"

"不行! 鹰是我的!"

"哼,你的!"卫士长又喊道,"这么说,你还是想隐藏国王的鸟? 那好吧,卫士,执行任务!"

农民又被抓了起来,拖到绞架边上。这一下,农民着急了,他拼命地从卫士手里挣脱出来,跑到胖卫士长面前,深深地鞠了个躬,说:"仁慈的大人! 我不想在天与地之间晃摇,我们是否商谈一下?"

卫士长巴不得这句话,他捻捻自己的胡子,装模作样地说:

"为国王办事可不是闹着玩的。我卫士长要对一切事情负责。我也不愿白白地失掉头颅。那么,我们一起去见国王,不过你要注意,我们的协议是这样的:鹰是我们两个人一起捉的,所以,国王给的赏金当然也是我们两个人分!"

农民想了想说:"那就照你的意见办吧!"

于是,胖卫士长带着农民去见国王了。国王一看见心爱的鹰,顿时从王位上跳了起来;鹰见了主人,也高兴地从国王的一个手指飞到另一个手指。国王问:"这鹰是谁捉住的?"

"我……"农民开始说,"他……也……"

"是的,我也捉了。"卫士长马上接住说。

国王想了想又问:"那么是谁第一个看见我的鹰?"

农民说:"看是我第一个看见的,不过,因为是我们两个人一起捉住的,所以国王陛下要是能赏赐我们,那我们就每人一半。"

"那好吧,我就把金币赏赐给你们。"

"不,不,"农民连忙说,"我请求国王不要赏赐金币给我们。"

"那你要什么呢?"国王问。

"我只想吃鞭子。您就给我们每人抽50鞭子吧!"

国王非常惊奇,但他不说,叫来了宫廷刽子手,下令对他们每人打50鞭子。农民自己把背露出来,他的表情非常满意。但是把卫士长拖到打手那里却要六个人,因为他的腿已经吓软了。这时国王越想越不对头,就忍不住,下令将农民带来。国王对他说:"你给我解释,为什么你选了那么奇怪的赏赐?""因为我们两人都值得打一顿,"农民开始解释说,"我挨打是因为我骗了自己,卫士长先生挨打,是因为他作弄了我。"

"他怎么捉弄你?"

这时农民把事实经过叙述了一遍。

"当然,"他补充说,"我想要点别的东西,因为我是一个穷农民,我有两个女儿要出嫁了,庄稼人做得弯了腰也没有一份体面的嫁妆。但我是一个公正的人,我认为,谁干的,就该谁得到。"

国王听了哈哈大笑,然后说:

"那我也是个公正的人,所以现在我另外决定:我要把卫士长再打50鞭子;这个钱袋你拿去,里面有200个金币,你两个女儿的嫁妆就不错了。"

"如果真的这样,我的女儿一定会很感谢您的!"

农民说完,拿了钱袋,高兴地向国王鞠了躬,一边唱着歌,一边回家去了。

人生妙语

幸福并不是依存于你是什么人或拥有什么,它只取决于你想的是什么。

101

欢笑一生的妙语故事

公颇和土司老爷打赌

壮族的公颇是土司老爷的随从,土司到哪里,他也跟到哪里。

有一天,老爷骑马去赶圩,公颇也跟随在后面步行。

土司老爷骑在马上问:"公颇,听说你能说会道,天上地下的事都懂,真的吗?"

公颇回答:"奴才不敢夸口!"

土司老爷说:"我们今天打赌,好吗?"

公颇说:"老爷! 不晓得用什么来定输赢?"

土司老爷说:"这容易,就以回答来说,一问一答,谁说不下去就算输啦。"

公颇点头答应:"好,那请老爷先说!"

土司懒洋洋地想了一想,总想不出话头,便说:"还是请你说吧!"

公颇说:"老爷高贵,奴才不敢冒犯!"

于是,土司老爷先发言:"公颇,你能讲京城的故事吗?"

于是公颇便胡吹起京城的事来,说皇帝的城墙有几十丈厚,宫殿如何富丽堂皇:"……那皇帝老子的宫殿,嗨,四角屋檐都翘起来,像金蝉的胡子,金銮宝殿全部用黄金铸成,发着金光,嗨……"

"你见过吗?"土司老爷问。

"奴才听别人说过。"公颇答。

"听过不能算数。大家都说,眼见是实,耳听是虚。"土司一口否定公颇的话。

公颇说:"老爷在公堂问案,难道是件件事都亲眼见过吗? 还不是听原告被告的口供来断案。"

土司老爷说:"我看状纸、呈文;问案时还看回话人的神色,这不是还靠眼睛吗?"

公颇问:"那老爷见过神吗?"

土司老爷说:"老爷我见过神像。"

公颇问:"那老爷见过鬼吗?"

土司老爷语塞。

因为壮族的习惯,只有倒霉的人才碰到鬼,所以土司老爷不敢胡说下去。

"是吗,老爷是洪福贵命。"公颇先恭维土司老爷一阵,才说:"老爷可没见到过鬼,为什么相信有鬼呢?"

土司老爷语塞。

土司老爷赌输了,心中老是纳闷,但又捡起话头:"公颇,刚才你讲京城的事,我也听别人说过,我真想到京城去朝见一下皇上,可惜路太远了!"

"老爷没去过京城,怎么知道路太远了呢?"公颇问道。

"听说要走六七千里路,这还不远吗?"

"老爷不是说眼见是实,耳听是虚吗? 怎么相信'听说'呢?"公颇问。

"远和近,总是相比而言。"土司老爷辩解着说,"比方,前面村庄望得见,我说是近,翻过山那边就是圩场,我望不见,就说是远……"

公颇没等土司老爷说完,便说:"那依老爷说,望得见的算近,望不见的算远,是吗?"

土司老爷连忙答复:"那当然,那当然!"

"老爷请抬头看看!"

土司老爷莫名其妙地抬头望望,便问:"望什么呀?"

公颇说:"望天老爷。"

土司老爷对公颇瞪了一眼,说:"这天老爷哪天没望见过呀!"

"那依老爷的说法,那天老爷算是离我们很近的啦?"

土司老爷语塞。

于是公颇又问土司老爷:"依老爷的看法,是天老爷离我们近,还是皇帝老子住的京城近?"

"那你说呢?"土司老爷反过来问。

公颇答:"我说京城近,天老爷远。"

"为什么呢?"土司老爷问。

公颇说:"这不明摆着:说京城远,总还有人到过,说天老爷近,有谁到天老爷家里做过客,人能走到的地方算近,人不能走到的地方,当然很远很远……"

土司老爷语塞,又输了。

土司老爷骑在马上,公颇走着跟随。

土司老爷闷得无聊,又说:"公颇,听说你很能哄骗人,能把树上的鸟都哄骗到地上来,是吗?"

公颇说:"老爷,那是传闻,言过其实,奴才哪有这么大的本事?"

土司老爷说:"公颇,你今天能哄我下马,就算你有真本事了。"

公颇说:"老爷是贵人,贵人只能上,哪能下呢,要哄骗嘛,只能哄骗老爷上马才是!"

"那你就哄骗老爷我上马吧!"土司老爷挺着肥大的肚皮在马上得意地说。

公颇说:"老爷都已经安稳地坐在马背上,还需要奴才来哄骗吗?"

土司老爷想想也是,但又想要试一试公颇哄骗人的本事,便说:"对,对,老爷我应该先下马,然后请你哄骗我上马。"土司老爷边说边跳下马背来。

土司老爷说:"这回看你公颇的本事了,看你怎么哄骗老爷我上马。"说完,哈哈大笑起来。

公颇没等土司老爷笑完,便说:"老爷输了。"

土司老爷莫名其妙地停止笑声,问:"怎么? 我输了?"

"是的,老爷已被奴才哄骗下马了!"公颇得意地说。

土司愣了一下,才知道上了当,便说:"狗奴才! 刚才明明是老爷我自己下马的,怎么算是你哄骗我下马的?"

公颇说:"老爷骑在马上和奴才打赌,奴才不说那两句老爷能下马吗?"

"你真鬼呀!"土司老爷知道自己上了当,便又跨上马背来。

公颇说:"老爷,奴才又赢了!"

土司老爷问:"你又赢什么了?"

公颇说:"老爷刚才和奴才打赌,奴才不是要哄骗老爷上马吗?"

土司老爷坐在马上用屁股蹭着马鞍,气急败坏地说:"这不算数! 这不算数!"

公颇说:"这不算数,那就请老爷下马来跟奴才一起步行吧?"

土司老爷是不愿步行的,但又不服输,便说:"我又不是大笨驴,你还想哄骗我?"

公颇说:"老爷说的是正理,聪明人是不受别人哄骗的,只有大笨驴才受哄骗。"

土司老爷不觉红起脸来,一直红到颈脖上。

土司老爷骑在马上,公颇在后面跟随。他们走到一座大森林,土司老爷感觉有点疲倦,便下马来休息。

土司老爷坐在大榕树下休息,公颇给马匹松松马肚带,让马喘息喘息。

公颇刚刚坐下来,便劈劈啪啪地用手掌拍着大腿。原来有几个蠓蚊叮在他的大腿上,使他感觉又痒又疼,怪难受的。

这一来,引起土司老爷的注意。

"公颇,你敢打我一巴掌吗?"土司老爷突然问。

"老爷恕罪?"公颇愣了一下,才镇静下来说:"老爷,如果奴才心里有这个念头就有罪啦!"

土司老爷说:"现在我是和你打赌,如果你真能打我一巴掌,不但我不发脾气,而且我还要感激你,这算你真有本事了!你说好吗?"

公颇正要回答。突然森林里刮来一阵风,树叶沙沙地响,那马也迎着长风耶耶耶地啸了一阵。

土司老爷突然脸色发黄,带着颤音,说:"莫不是这森林里藏有老虎?"

公颇说:"老虎敢来,请老爷看我公颇剥它的皮,有我公颇在,只有老虎怕我。"

土司老爷说:"你说得也是,可老虎是一个厉害的家伙,所以古人才讲谈虎色变嘛。"

公颇说:"世间人见到老虎是大家伙,都说它厉害,其实,这森林里倒有一种小东西更厉害,只是人们没有注意到的。"

"小东西厉害?"土司老爷琢磨公颇的话不能理解,就问:"你说是豹子？是豺狼？……"

"不是，比豹子、豺狼还小百倍？"公颇说。

"是毒蛇？"

"不，还小百倍！"

"我不信还有比老虎更厉害的！"土司老爷对公颇不屑地说。

公颇又劈啪地在自己的大腿上拍打着蠓蚊。然后伸开手掌给土司老爷看："老爷，你别看它比芝麻还小，可比老虎厉害十倍。"

"你胡说，老虎是要吃人的。"

"老爷，蠓蚊是要人命的。"

土司老爷争执说："好，我倒要听听你的道理。"

公颇说："老爷，可别看这蠓蚊小，眼睛几乎看不见，可被它叮一口，又疼又痒可难受啦，一难受就用手去抓，一抓皮就破，破的地方就沤脓，流黄水，有时发烧发蒙，就死去啦！这不是要命吗？"

土司老爷听着听着，只见他自己"哦，哦"两三声，不由得脸皮怪难受的，不觉用手抓起痒来。

这时公颇又拍拍大腿，注视着土司老爷的脸。突然，伸出手掌，对准土司老爷脸上猛地一拍。

土司老爷一惊。只听见公颇骂着说："你竟然向我们老爷的脸庞上边叮起来，看我把你拍扁啦！"

土司老爷正要发作，只见公颇伸开手掌，摆在土司老爷跟前："老爷请看，就是这三个该死的小东西叮在你的脸庞上！"

土司老爷注视着公颇的手掌，确实有三小摊血迹混着黑渣的小蠓蚊，便不再说什么。

其实，这三个小蠓蚊是刚才叮在公颇大腿上。公颇一巴掌把它们打死，然后才狠狠地给土司老爷一巴掌，公颇以为土司老爷给蒙住了。

107

欢笑一生的妙语故事

土司老爷骑在马背上,觉得脸上火辣辣的,接着,这火辣辣的味道传到耳根,脖子立刻又红了起来,怀疑这是公颇搞的鬼名堂,便发起火来。

"公颇,你好大胆,你这是以下犯上,该当何罪!我要砍掉你这个手掌!"

公颇一听,着急起来。

"老爷,这个手掌砍不得,砍不得!"

土司老爷问:"为什么?"

公颇说:"如果老爷真的把奴才手掌砍下来了,等下真的老虎跑出森林来,我也救不了老爷啦!"土司老爷一想有道理,只好不再说什么了。

善于思考的人思想急速转变,不会思考的人晕头转向。

晏婴出使挫楚王

晏子,名婴,春秋时代齐国人,是中国历史记载中最杰出的矮人之一。但晏子博学广闻,具有多方面的才华,尤其是在语言艺术方面,更是一位出类拔萃的人物。他一生中曾出使各国,其中,他出使楚国舌战群臣的一幕,为后人所津津乐道。

公元前531年,晏子奉齐王之命出使楚国。骄横的楚灵王知道晏婴生得很矮,决定取笑他一番,以显示楚国的威风。

几天后,晏子乘着驷马大车来到楚国国都郢城东门。只见楚国的官员稀稀拉拉地分立城门两旁,大门却紧紧闭着。晏子正觉得奇怪的时候,守城的军士却打开城门旁一道新开的小门,请他从这狗洞似的小门里进去,并说:"这是我国的规矩:大个子从大门里进去,小个子从小门里进去。"

晏子明白了:楚王想侮辱他。他就走到小洞前边,打量了一番,说:"这是狗洞,不是城门呀!我国也有个规矩,只有出使到狗国的人,才从狗洞里钻进钻出。"

守门人赶快把晏子的话报告楚王。楚王说:"我本想取笑他,反倒被他取笑了。"不得不命令打开大门,请晏子进城。

晏子进城后,正在浏览街景,忽然迎面驶来两辆驷马大车,车上两名彪形大汉,威风凛凛,杀气腾腾,前来迎接晏子。晏子明白其来意是要故意站在自己两旁,形成一幅高矮大小极不相称的讽刺画面。于是,他拒绝登车,并说:"今天我是为和平而来,并非为了战争之事,不需要勇士耀武扬威!"喝退武士后,晏子乘马,直奔楚王的宫廷。

楚王看到晏子走上殿来,轻蔑地说:"难道齐国没有人了吗?"

晏子说:"我们齐国人多得很!每个人呵一口气,就能变成云;每个人甩下一滴汗,就像是下场雨。我们国都的大道上,人挤得肩膀挨着肩膀、脚尖碰着脚跟,怎能说齐国没有人呢?"

楚王笑道:"既然如此,为什么派你这么一个身材矮小的人来出使呢?"

晏子答道:"我们齐国任命使者有个规矩:访问上等国,就派上等人去;访问下等国,就派下等人去。我是个最没有出息的,就派到这儿来了。"

楚王反被讽刺一顿,却还只得赔着笑。

一会儿,武士们拉着一个囚犯从堂下走过。楚王故意问:"那囚犯是哪儿的人?犯了什么罪?"

武士们说:"是齐国人,犯了盗窃罪。"

楚王对晏子嘲笑道:"齐国人怎么那样没出息,干这等事?"

晏子站起身,严肃地说:"大王怎么不知道哇?橘树长在淮河以南,就能生长橘子;生长在淮河以北,就长成了枳树。仅仅枝叶相像,而它们的果实滋味很不相同。这是因为南北的水土不一样。齐国人在齐国能好好地干活,一到了楚国,就当了盗贼,莫非是楚国的水土使人民善于偷盗啊?"

楚国的君臣觉得不是晏子的对手,对他反倒尊敬起来了。

就这样,晏子又一次出色地完成了使命,使得楚国不敢轻视齐国,使得齐国外无侵伐之患。

人生妙语

一个人的伟大并不在于他外表的出众,而在于他有一颗坚韧而勇敢的心灵。

111

岳柱巧驳私塾师

元朝曾出过一位著名学者岳柱,小时候,他家境贫寒,但聪明好学,遇事总爱动脑筋。

他读书时私塾先生叫菅邱子,由于对元朝的统治深为不满,却又无法摆脱,于是常借酒浇愁,聊以苟生;对于那些拜读于自己门下的纨绔子弟毫无栽培之意,渐渐地养成了懒散的习性,还经常在课堂上打起了瞌睡。

学生中有一个小朋友却大有意见,他就是岳柱。他打听到菅邱子过去博学多才、为人师表,可现在为什么老爱在课堂上就打瞌睡,对学生不负责任呢?他决心解开这个谜。

有一天,上习字课,菅邱子叫学生按字帖写字,自己伏案便睡,这下课堂里就乱了套。这些富家子弟平素就自由惯了,有的拿出早已准备好的蟋蟀,进行逗玩;有的嬉笑追骂;有的在习字本上胡乱图画,画些乌龟王八什么的。岳柱趁众学生闹得起劲时,悄悄走到讲台旁,摇醒正在瞌睡的菅邱子,低声问道:"先生,您为啥老是在课上就打瞌睡?"

菅邱子正在做白日梦,朦胧中被岳柱摇醒,真有点丈二和尚摸不着头脑,迷迷糊糊看了一下四周,又习惯地摸摸自己的脑壳,故作神秘地回答道:"我是到梦乡去见古圣先贤去了,就像孔子梦见周公那样,然后将古圣先贤的教训传授于你们。"说完便摇头晃脑地吟起:"采菊西篱下,悠然见北山。"

"不对呀,应该是'采菊东篱下,悠然见南山'。"岳柱纠正道。

营邱子叹息道:"茫茫人世,芸芸众生,人妖不分,何以分东南西北。"

岳柱知道营邱子所谓的梦中托言纯属谎词,至于营邱子故作糊涂的缘由他也能领悟一二,他想让营邱子改掉打瞌睡的毛病,左思右想,终于想出了一个好办法。

第二天上课时,当营邱子正摇头晃脑地读着:"世间行乐亦如此,古来万事东流水……"

113

忽然发现岳柱也在打瞌睡,便大声呵斥道:"懒惰成性,真是朽木不可雕啊!"

可岳柱却不慌不忙地站起来说:"先生,您冤枉人了,我是在学习呀!"

营邱子更怒了:"明明是打瞌睡,还敢诡辩!"

"真的,我到梦乡去拜见古圣先贤去了,就像您梦见古圣先贤一样。"

营邱子有意刁难岳柱,问道:"不知古圣先贤给了你一些什么教训?"

岳柱从容笑道:"我呀,见到了古圣先贤,就问他们:'我们的先生几乎每天都来拜望你们,你们给了他些什么教训?'但他们回答:'从未见过这样一位先生。'"

营邱子听了,顿时瞠目结舌,继而满脸羞愧。没想到一个身高齐腹的孩子,竟能以其人之道还治其人之身的办法,揭穿了自己的谎言。从此,他改掉了课堂上打瞌睡的毛病,对岳柱更是悉心栽培。

　　任何人都可能犯错误,除愚蠢的人外,谁也不想坚持错误。